Suora Scolastica

Henri Beyle Stendhal

SUORA SCOLASTICA...

À Naples, où je me trouvais en 1824, j'entendis parler dans le monde de l'histoire de Suora Scolastica et du chanoine Cybo. Curieux comme je l'étais, on peut penser si je fis des questions. Mais personne ne voulut me répondre un peu clairement : on avait peur de se compromettre.

À Naples, jamais on ne parle un peu clairement de politique. En voici la raison : une famille napolitaine, composée par exemple de trois fils, d'une fille, du père et de la mère, appartient à trois partis différents qui, à Naples, prennent le nom de conspirations. Ainsi, la fille est du parti de son amant ; chacun des fils appartient à une conspiration différente ; le père et la mère parlent, en soupirant, de la cour qui régnait lorsqu'ils avaient vingt ans. Il suit de cet isolement des individus que jamais on ne parle sérieusement politique. À la moindre assertion un peu tranchée et sortant du lieu commun, vous voyez autour de vous deux ou trois figures pâlir.

Mes questions sur ce conte au nom baroque n'ayant aucun succès dans le monde, je crus que l'histoire de Suora Scolastica rappelait quelque histoire horrible de l'an 1820, par exemple.

Une veuve de quarante ans, rien moins que belle, mais fort bonne femme, me louait la moitié de sa petite maison, située dans une ruelle, à cent pas du charmant jardin de Chiaja, au pied de la montagne qui couronne, en cet endroit-là, la villa de la princesse Florida, femme du vieux roi. C'est peut-être le seul quartier de

Naples un peu tranquille.

Ma veuve avait un vieux galant, auquel je fis la cour toute une semaine. Un jour que nous courions la ville ensemble et qu'il me montrait les endroits où les lazzaroni s'étaient battus contre les troupes du général Championnet et le carrefour où ils avaient brûlé vif le duc de ***, je lui demandai brusquement, et d'un air simple, pourquoi on faisait un tel mystère de la Suora Scolastica et du chanoine Cybo.

Il me répondit tranquillement :

— Les titres de duc et de prince que portaient les personnages de cette histoire sont portés, de nos jours, par leurs descendants, qui, peut-être, se fâcheraient de voir leurs noms mêlés à une histoire aussi tragique et aussi triste pour tout le monde.

— L'affaire ne s'est donc pas passée en 1820 ?

— Que dites-vous ? 1820 ? me dit mon Napolitain, riant aux éclats de cette date récente. Que dites-vous ? 1820 ? répéta-t-il avec cette vivacité peu polie de l'Italie, qui choque si fort le Français de Paris.

« Si vous voulez avoir le sens commun, continua-t-il, dites : 1745, l'année qui suivit la bataille de Velletri et confirma à notre grand don Carlos la possession de Naples. Dans ce pays-ci, on l'appelait Charles VII, et plus tard, en Espagne, où il a fait de si grandes choses, on l'a appelé Charles III. C'est lui qui a apporté le grand nez des Farnèse dans notre famille royale.

On n'aimerait pas, aujourd'hui, à nommer de son vrai nom l'archevêque qui faisait trembler tout le monde à Naples, lorsqu'il fut consterné, à son tour, par le nom fatal de Velletri. Les Allemands, campés sur la montagne autour de Velletri, tentèrent de surprendre dans le palais Ginetti, qu'il habitait, notre grand don Carlos.

C'est un moine qui passe pour avoir écrit l'anecdote dont vous parlez. La jeune religieuse que l'on désigne par le nom de Suora Scolastica appartenait à la famille du duc de Bissignano. Le même écrivain fait preuve d'une haine passionnée pour l'archevêque d'alors, grand politique qui fit agir dans toute cette affaire le chanoine Cybo. Peut-être le moine était-il un protégé du jeune don

Gennarino, des marquis de Las Flores, qui passe pour avoir disputé le cœur de Rosalinde à don Carlos lui-même, roi fort galant, et au vieux duc Vargas del Pardo, qui passe pour avoir été le seigneur le plus riche de son temps. Il y avait sans doute, dans l'histoire de cette catastrophe, des choses qui pouvaient profondément offenser quelque personnage encore puissant en 1750, époque où l'on croit que le moine écrivit, car il se garde bien de conter net.

Son verbiage est étonnant ; il s'exprime toujours par des maximes générales, sans doute d'une moralité parfaite, mais qui n'apprennent rien.

Souvent il faut fermer le manuscrit pour réfléchir à ce que le bon père a voulu dire. Par exemple, lorsqu'il arrive à la mort de don Gennarino, à peine comprend-on ce qu'il a voulu faire entendre.

Je pourrai peut-être, d'ici à quelques jours, vous faire prêter ce manuscrit, car il est si impatientant que je ne vous conseillerais pas de l'acheter. Il y a deux ans que, dans l'étude du notaire B… on ne le vendait pas moins de quatre ducats. »

Huit jours après, je possédais ce manuscrit, qui est peut-être le plus impatientant du monde. À chaque instant, l'auteur recommence en d'autres termes le récit qu'il vient d'achever ; d'abord, le malheureux lecteur s'imagine qu'il s'agit d'un nouveau fait. La confusion finit par être si grande que l'on se figure plus de quoi il est question.

Il faut savoir qu'en 1842, un Milanais, un Napolitain, qui, dans toute leur vie, n'ont peut-être pas prononcé cent paroles de suite en langue florentine, trouvent beau, quand ils impriment, de se servir de cette langue étrangère. L'excellent général Coletta, le plus grand historien de ce siècle, avait un peu cette manie, qui souvent arrête son lecteur.

Le terrible manuscrit intitulé Suora Scolastica n'avait pas moins de trois cent dix pages.

Je me souviens que j'en récrivis certaines pages, pour être sûr du sens que j'adoptais.

Une fois que je sus bien cette anecdote, je me gardai de faire des questions directes.

Après avoir prouvé, par un long bavardage, que j'avais pleine connaissance d'un fait, je demandai quelques éclaircissements, de l'air le plus indifférent.

À quelques temps de là, l'un des grands personnages qui, deux mois auparavant, avait refusé de répondre à mes questions, me procura un petit manuscrit, de soixante pages, qui n'entre pas dans le fil de la narration, mais donne des détails pittoresques sur certains faits. Ce manuscrit fournit des détails vrais sur la jalousie forcenée.

Par les paroles de son aumônier, qu'avait séduit l'archevêque, la princesse dona Ferdinanda de Bissignano apprit, à la fois, que ce n'était pas d'elle qu'était amoureux le jeune don Gennarino, que c'était sa belle-fille Rosalinde qu'il aimait.

Elle se vengea de sa rivale, qu'elle croyait aimée du roi don Carlos, en inspirant une jalousie atroce à don Gennarino de Las Flores.

21 mars 1842.

Vous savez qu'en 1711 Louis XIV, privés des grands hommes qui étaient nés en même temps que lui, et rapetissé par Mme de Maintenon, eut le fol orgueil d'envoyer régner en Espagne un enfant, le duc d'Anjou, qui plus tard fut Philippe V, fou, brave et dévot.

Il valait bien mieux, comme le proposaient les étrangers, réunir à la France la Belgique et le Milanais.

La France eut des malheurs, mais son roi qui, jusque-là, n'avait trouvé que des succès faciles et une gloire de comédie, montra une vraie grandeur dans les infortunes. La victoire de Demain et le fameux verre d'eau tombé sur la robe de la duchesse de Marlborough donnèrent à la France une paix assez glorieuse.

Vers ce temps, Philippe V, qui régnait toujours en Espagne, perdit la reine son épouse. Cet événement et sa vertu monacale le rendirent presque fou. Dans cet état, il sut chercher dans un grenier, à Parme, faire arriver en Espagne, et enfin épouser la célèbre Élisabeth Farnèse. Cette grande reine montra du génie au milieu des puérilités orgueilleuses de l'Espagne, qui depuis sont devenues si célèbres en Europe, et, sous le nom vénéré d'étiquette espagnole, ont été imitées par tous les trônes d'Europe.

Cette reine, Élisabeth Farnèse, passa quinze ans de sa vie sans perdre de vue plus de dix minutes par jour son fou de mari. Cette cour, si misérable au milieu de ses fausses grandeurs, a trouvé un peintre homme de génie, digne de toutes les profondeurs de ses critiques et porté par le génie sombre du caractère espagnol, le duc de Saint-Simon, le seul historien qu'ait produit jusqu'ici le génie français. Il donne le détail curieux de tous les soins que se donna la reine Élisabeth Farnèse afin de pouvoir un jour lancer une armée espagnole et conquérir pour un de ses deux fils puînés qu'elle avait donnés à Philippe V, quelqu'une des principautés de ce pays-là.

Elle pouvait par ce moyen éviter la triste vie qui attend une reine douairière d'Espagne et trouver un refuge à la mort de Philippe V.

Les fils que le roi avait eus de sa première femme étaient complètement imbéciles, comme il convient à des princes légitimes élevés par la Sainte Inquisition. Un des favoris qui régnerait sur celui des deux qui serait roi pouvait très bien lui faire trouver nécessaire et politique de jeter en prison la reine Farnèse, dont le bon sens sévère et l'activité choquaient l'indolence espagnole.

Don Carlos, le fils aîné de la reine Élisabeth, passa en Italie en 1734. La bataille de Bitonto, facilement gagnée, le mit sur le trône de Naples. Mais en 1743 l'Autriche l'attaque sérieusement ; le 10 août 1744, il se trouvait dans la petite ville de Velletri, à douze lieues de Rome, avec sa petite armée espagnole. Il était au pied du mont Artemisio, à deux lieues à peine d'une petite armée autrichienne mieux placée que la sienne.

Le 14 du mois d'août, au petit jour, don Carlos fut surpris dans sa chambre par une compagnie d'Autrichiens. Le duc de Vargas del Pardo, que la reine, en dépit des efforts du grand aumônier, avait placé auprès de son fils, le saisit par les jambes et le hissa jusqu'à la fenêtre, qui était à dix pieds du plancher, pendant que les grenadiers autrichiens enfonçaient la porte à coups de crosse, en criant au prince, avec tout le respect possible, qu'ils le suppliaient de se rendre.

Vargas sauta par la fenêtre après son prince, trouva deux chevaux, le fit monter à cheval, courut à l'infanterie, campée à un quart de lieue.

— Votre prince est perdu, dit-il aux Espagnols, si vous ne vous souvenez que vous êtes Espagnols. Il s'agit de tuer deux mille de ces hérétiques d'Autrichiens qui veulent faire prisonnier le fils de votre bonne reine.

Toute la valeur espagnole fut réveillée par ce peu de mots. Ils commencèrent par passer au fil de l'épée les quatre compagnies qui revenaient de Velletri, où elles avaient essayé de surprendre le prince. Par bonheur, Vargas trouva un vieux général qui, en se souvenant de la façon absurde dont on faisait la guerre en 1744, n'eut pas l'idée baroque d'éteindre la colère des braves Espagnols en leur commandant des manœuvres savantes. Enfin, l'on tua, à la bataille de Velletri, trois mille cinq cents hommes à l'armée autrichienne.

Dès lors, don Carlos fut vraiment roi de Naples.

La reine Farnèse envoya un de ses favoris dire à don Carlos, qui n'était connu que par son amour pour la chasse, que les Autrichiens étaient surtout insupportables aux gens de Naples à cause de leur mesquinerie et de leur avarice :

— Prenez-leur quelques millions de plus qu'il n'est nécessaire, à ces négociants toujours défiants, et occupés de la sensation du moment ; amusez-vous avec leur argent, mais ne soyez pas un roi soliveau.

Don Carlos, quoique élevé par des prêtres et dans toutes les rigueurs de l'étiquette, se trouva ne pas manquer d'intelligence. Il réunit une cour brillante, il chercha à s'attacher par des faveurs singulières les jeunes seigneurs qui sortaient du collège lors de sa première venue à Naples et qui n'avaient pas plus de vingt ans à l'époque de la bataille de Velletri. Plusieurs de ces jeunes gens s'étaient fait tuer dans les rues de Velletri, lors de la surprise, pour que leur roi, aussi jeune qu'eux, ne fût pas fait prisonnier.

Le roi tira parti de tous les essais de conspiration que l'Autriche essaya de soudoyer. Ses juges appelèrent d'infâmes traîtres les nigauds, partisans-nés de tous les pouvoirs en quelques années de date.

Don Carlos ne fit exécuter aucune des sentences de mort, mais il accepta la confiscation de beaucoup de belles terres. Le génie napolitain, qui aime naturellement tout ce qui est fastueux et brillant, enseigna aux seigneurs de la cour que, pour plaire à ce jeune roi, il fallait faire beaucoup de dépense. Le roi laissa se ruiner tous les seigneurs que son ministre Tanucci lui dénonçait comme secrètement dévoués à la maison d'Autriche. Il ne fut contrecarré que par Acquaviva, archevêque de Naples, et le seul ennemi réellement dangereux que don Carlos trouva dans son nouveau royaume.

Les fêtes que donna don Carlos dans l'hiver de 1745, au retour de la bataille de Velletri, furent vraiment magnifiques et lui gagnèrent l'esprit des Napolitains autant que son bonheur à la guerre.

La tranquillité et l'aisance renaissaient de toutes parts.

Lorsque arriva l'époque du grand gala et du grand baise-main tenu au château pour célébrer le jour de sa naissance, Charles III distribua de belles terres aux grands seigneurs qu'il savait lui être dévoués. Dans l'intimité, don Carlos, qui savait régner, donnait des ridicules aux maîtresses de l'archevêque et aux femmes âgées qui regrettaient le gouvernement ridicule de l'Autriche.

Le roi distingua deux ou trois titres de duc aux jeunes seigneurs qu'il voyait dépenser plus que leur revenu, car don Carlos, naturellement grand, avait en horreur les gens qui, sur le principe autrichien, cherchaient à faire des économies.

Le jeune roi avait de l'esprit, des sentiments élevés, et scandait bien ses mots. Quant à la masse du peuple, elle était tout étonnée que le gouvernement ne lui fît pas toujours du mal. Elle aimait les fêtes du roi et elle s'accoutumait à payer des impôts dont le produit, au lieu d'être transporté tous les six mois à Madrid ou en Autriche, était distribué en partie aux jeunes gens qui s'amusaient et aux jeunes femmes. En vain l'archevêque Acquaviva, soutenu par tous les vieillards et toutes les femmes qui n'étaient plus jeunes, faisait insinuer dans tous les sermons que le genre de vie de la cour conduisait à l'abomination de la désolation. Toutes les fois que le roi ou la reine sortait du palais, les cris de joie et les vivats du peuple s'entendaient à plus d'un quart de lieue de distance.

Comment donner une idée des cris de ce peuple naturellement criard et qui se trouvait naturellement content ?…

Cet hiver qui suivit la bataille de Velletri, plusieurs seigneurs de la cour de France étaient venus, sous prétexte de santé, passer l'hiver à Naples. Ils étaient bienvenus au château ; les plus riches seigneurs se faisaient un devoir de les inviter à toutes leurs fêtes ; l'antique gravité espagnole et les rigueurs de l'étiquette, qui proscrivaient entièrement les visites du matin faites aux jeunes femmes et qui défendaient absolument celles-ci de recevoir les hommes en l'absence de deux ou trois duègnes choisies par les maris, semblaient céder un peu devant la facilité des mœurs françaises. Huit ou dix femmes d'une rare beauté se partageaient tous les hommages ; mais le jeune roi, fin connaisseur, soutenait que la plus belle personne de sa cour était la jeune Rosalinde, fille du prince de Bissignano. Ce prince, ancien général autrichien, personnage fort triste, fort prudent, fort lié avec l'archevêque, avait passé sans paraître au château les quatre années du règne de don Carlos qui s'étaient écoulées avant la bataille décisive de Velletri. Le roi n'avait vu le prince de Bissignano que le jour des deux baise-mains de nécessité obligée, savoir celui du jour onomastique de la naissance du roi et celui du jour de sa fête. Mais les fêtes charmantes données par le roi lui faisaient des partisans, même au sein des familles les plus dévouées aux droits de l'Autriche, comme on disait alors à Naples.

Le prince de Bissignano avait cédé malgré lui aux instances de dona Ferdinanda, sa seconde femme, en lui permettant de paraître au palais et de se faire suivre par sa fille, cette belle Rosalinde que le roi don Carlos proclamait la plus belle personne de son royaume.

Le prince de Bissignano se voyait trois fils d'un premier lit, dont l'établissement dans le monde lui donnait beaucoup de soucis. Les titres que portaient ces fils, tous ducs ou princes, lui semblaient trop imposants pour la médiocre fortune qu'il pouvait leur laisser. Ces pensées chagrinantes devinrent encore plus poignantes lorsqu'à l'occasion de la fête de la reine, le roi fit une nombreuse promotion de sous-lieutenants dans ses troupes ; les fils du prince de Bissignano n'y furent pas compris, par la raison toute simple qu'ils n'avaient rien demandé ; mais la jeune Rosalinde, leur sœur, ayant suivi sa belle-mère dans une visite que celle-ci fit au palais le lendemain du gala, la reine dit à Rosalinde qu'elle avait remarqué, la dernière fois qu'on jouait aux petits jeux au palais, qu'elle n'avait point de gages à donner.

— Quoique les jeunes filles ne portent pas de diamants, j'espère, lui dit-elle, que, comme gage de l'amitié de votre reine et par mon ordre exprès, vous voudrez bien porter cette bague.

Et la reine lui remit une bague ornée d'un diamant valant plusieurs centaines de ducats.

Cette bague fut un cruel sujet d'embarras pour le vieux prince de Bissignano : son ami l'archevêque le menaça de faire refuser l'absolution par tous les prêtres du diocèse, à l'époque de Pâques, à sa fille Rosalinde si elle portait la bague espagnole. Par l'avis de son vieux aumônier, le prince offrit à l'archevêque le mezzio termine de faire fabriquer une bague aussi semblable que possible à l'aide d'un diamant pris dans le majorat dont jouissaient les princes de Bissignano. Dona Ferdinanda se montra profondément irritée.

Irritée de cette soustraction qu'on prétendait faire à son écrin, elle prétendait que le diamant qu'on lui enlevait fût remplacé par la bague donnée par la reine. Le prince, monté par une vieille duègne de la maison et qui formait sa camerilla, fut d'avis que cette entrée de la bague de Rosalinde dans l'écrin du majorat pouvait, après la mort de lui, prince, la priver de la propriété de la bague et, si la reine s'apercevait de la substitution, ôterait à sa fille le moyen de jurer le sang de San Gennaro que la bague était toujours en son pouvoir, ce que d'ailleurs elle pouvait prouver en courant la prendre au palais de son père.

Ce différend, que Rosalinde ne prit point à cœur, troubla pendant quinze jours tout l'intérieur de la maison du prince. Enfin, par les conseils de son aumônier, la bague de la reine fut déposée entre les mains de la vieille Litta, la doyenne des duègnes de la maison.

La manie qu'ont les Napolitains des familles nobles de se regarder comme des princes indépendants et ayant des intérêts opposés fait qu'il ne règne aucune affection entre frère et sœur et que leurs intérêts sont toujours décidés par les règles de la politique la plus stricte.

Le prince de Bissignano était amoureux de sa femme, fort gaie, fort imprudente, et qui avait trente ans de moins que lui. Pendant les fêtes brillantes de l'hiver de 1745 qui suivirent la fameuse victoire de Velletri, la princesse dona Ferdinanda eut le plaisir de se voir environnée par ce qu'il y avait de plus brillant parmi les jeunes gens de la cour. Nous ne dissimulerons pas qu'elle devait ce succès à sa jeune belle-fille, qui n'était autre que cette jeune Rosalinde, que le roi proclamait la plus jolie femme de sa cour. Les jeunes gens qui entouraient la princesse de Bissignano étaient bien sûrs de se trouver côte à côte avec le roi, et même de se voir adresser la parole pour peu qu'ils animassent la conversation par des pensées amusantes, car le roi qui, pour suivre les ordres de la reine, sa mère, et pour mériter les respects des Espagnols, ne parlait jamais, quand il se trouvait auprès d'une femme qui lui plaisait, oubliait son métier et parlait à peu près comme un autre homme qui aurait passé pour fort sérieux.

Mais ce n'était point la présence du roi dans son cercle qui rendait la princesse de Bissignano si heureuse à la cour : c'était les attentions continuelles du jeune Gennarino, des marquis de Las Flores.

Ces marquis étaient fort nobles, puisqu'ils appartenaient à la famille Medina Celi d'Espagne, d'où ils étaient venus à Naples, il n'y avait guère qu'un siècle. Mais le marquis, père de don Gennarino, passait pour le gentilhomme de la cour le moins riche. Son fils n'avait que vingt-deux ans, il était élégant, beau, mais il y avait dans sa physionomie quelque chose de grave et de hautain qui trahissait son origine espagnole. Depuis qu'il ne manquait à aucune fête de la cour, il déplaisait à Rosalinde, dont il était passionnément amoureux, mais à laquelle il se gardait bien d'adresser jamais une parole, dans la crainte de voir la princesse sa belle-mère cesser tout à coup de l'amener à la cour.

Pour éviter cet accident qui eût été terrible pour son amour, il faisait une cour assidue à la princesse. C'était une femme un peu forte (il est vrai qu'elle avait trente-quatre ans), mais son caractère, toujours passionné pour quelque chose, toujours enjoué, lui donnait l'air jeune. Ce caractère servait les projets de Gennarino qui, à tout prix, voulait se corriger de cet air hautain et dédaigneux qui déplaisait à Rosalinde.

Gennarino ne lui avait pas adressé trois fois la parole, mais aucun des sentiments de Rosalinde n'étaient un mystère pour lui : lorsqu'il cherchait à prendre les manières gaies, ouvertes et, même un peu étourdies, des jeunes seigneurs de la cour de France, il voyait un air de contentement dans les yeux de Rosalinde. Une fois même, il avait surpris un sourire et un geste expressif, comme il achevait de raconter devant la reine une anecdote, assez triste au fond, mais dont il avait expliqué les circonstances avec l'air tout désintéressé et nullement tragique qu'y eût mis un Français.

La reine, qui avait le même âge que Rosalinde, c'est-à-dire vingt ans, ne put s'empêcher de faire compliment à Gennarino sur l'absence de l'air tragique et espagnol qu'elle était charmée de ne pas avoir trouvé dans son récit. Gennarino regarda Rosalinde comme pour lui dire : « C'est dans le désir de vous plaire que je cherche à me défaire de l'air de hauteur naturel à ma famille. » Rosalinde le comprit, et sourit de telle façon que si Gennarino n'eût pas été éperdument amoureux lui-même, il eût bien compris qu'il était aimé.

La princesse de Bissignano ne perdait des yeux la belle figure du jeune homme, mais elle n'avait garde de deviner ce qui se passait en lui : elle n'avait pas l'âme qu'il faut pour saisir les choses de cette finesse ; la princesse n'allait pas plus loin que la contemplation de la finesse des traits et de la grâce presque féminine de toute la personne de Gennarino. Ses cheveux, qu'il portait longs selon la mode que don Carlos avait apportée d'Espagne, étaient d'un blond chatoyant, et leurs boucles dorées retombaient sur son cou mince et gracieux comme celui d'une jeune fille.

À Naples, il n'est pas rare de rencontrer des yeux d'une forme magnifique et qui rappelle celle des plus belles statues grecques ; mais ces yeux n'expriment que le contentement d'une bonne santé, ou tout au plus une nuance de menace ; jamais l'air hautain que Gennarino ne pouvait s'empêcher d'avoir encore quelquefois n'allait jusqu'à la menace.

Quand ses yeux se permettaient de regarder longuement Rosalinde, ils prenaient l'expression de la mélancolie, et même un observateur délicat eût pu conclure qu'il avait un caractère faible et incertain, quoique dévoué jusqu'à la folie. Ce trait était assez difficile à deviner, ses larges sourcils souvent rapprochés amortissaient l'éclat et la douceur de ses yeux bleus.

Le roi, qui ne manquait point de finesse quand son cœur était pris, remarqua fort bien que les yeux de Rosalinde, dans les moments où ils n'espéraient pas être observés par sa belle-mère, qu'elle craignait beaucoup, se fixaient avec complaisance sur les beaux cheveux de Gennarino. Elle n'osait pas s'arrêter de même sur ses yeux bleus, elle eût craint d'être surprise dans cette singulière occupation.

Le roi eut la magnanimité de n'être pas jaloux de Gennarino ; peut-être aussi croyait-il qu'un roi jeune, généreux et victorieux ne doit pas craindre de rivaux. Un observateur délicat n'eût pas loué avant tout cette beauté parfaite des plus belles médailles siciliennes que l'on admirait généralement dans Rosalinde, elle avait plutôt un de ces visages qu'on n'oublie jamais. On pouvait dire que son âme éclatait sur son front, dans les contours délicats de la bouche la plus touchante. Sa taille était frêle et élancée comme si elle eût trop vite grandi ; il y avait même dans son geste, dans ses attitudes, encore quelque chose de la grâce de l'enfance, mais sa physionomie annonçait une intelligence vive et surtout un esprit gai qui se rencontre bien rarement avec la beauté grecque et empêche cette sorte de niaiserie attentive que l'on peut quelquefois lui reprocher.

Ses cheveux noirs descendaient en larges bandeaux sur ses joues, elle avait des yeux couronnés de longs sourcils, et c'était ce trait qui avait séduit le roi et à la louange duquel il revenait souvent.

Don Gennarino avait un défaut marqué dans le caractère, il était sujet à s'exagérer les avantages de ses rivaux et alors il devenait jaloux jusqu'à la fureur ; il était jaloux du roi don Carlos, malgré tous les soins que prenait Rosalinde pour lui faire comprendre qu'il ne devait pas être jaloux de ce puissant rival. Gennarino pâlissait tout à coup lorsqu'il entendait le roi dire quelque chose de vraiment aimable devant Rosalinde. C'est par un principe de jalousie que

Gennarino trouvait tant de plaisir à être le plus possible avec le roi : il étudiait son caractère et les signes d'amour pour Rosalinde qui pourraient lui échapper. Le roi prit cette assiduité pour de l'attachement et s'en laissa charmer.

Gennarino était également jaloux du duc Vargas del Pardo, grand chambellan et favori intime de don Carlos, qui autrefois lui avait été si utile dans la nuit qui précéda la bataille de Velletri. Ce duc passait pour le seigneur le plus riche de la cour de Naples. Tous ces avantages étaient ternis par son âge : il avait soixante-huit ans ; ce désavantage ne l'avait point empêché de devenir amoureux de la belle Rosalinde. Il est vrai qu'il était fort bel homme, qu'il montait à cheval avec beaucoup de grâce ; il avait des idées de dépenses fort bizarres et prodiguait sa fortune avec une rare générosité.

La bizarrerie de ces dépenses, qui étonnaient toujours, contribuait aussi à le rajeunir et renouvelait sans cesse sa faveur auprès du roi. Ce duc voulait faire de tels avantages à sa femme dans le contrat qu'il comptait présenter au prince de Bissignano qu'il mettrait celui-ci dans l'impossibilité de refuser.

Don Gennarino, qu'à la cour on appelait *il Francese*, était en effet fort gai, fort étourdi, et ne manquait pas de se faire l'ami de tous les jeunes seigneurs français qui visitaient l'Italie. Le roi le distinguait, car ce prince n'oubliait jamais que, si la cour de France s'écartait un jour de cet esprit d'insouciante légèreté qui semblait diriger ses démarches, elle pourrait par la moindre démonstration sur le Rhin, attirer l'attention de cette toute-puissante maison d'Autriche qui menaçait sans cesse d'engloutir Naples. Nous nous dissimulerons point que la faveur fort réelle du roi ne poussa un peu loin quelquefois la légèreté du caractère de don Gennarino.

Un jour qu'il se promenait à pied sur le pont de la Madeleine, qui est la grande route du Vésuve, avec le marquis de Charost, arrivé de Versailles depuis deux mois, il prit fantaisie à ces deux jeunes gens de monter jusqu'à la maison de l'ermite que l'on aperçoit sur la montagne, à mi-chemin du Vésuve. Monter à pied jusque-là était impraticable, car il faisait déjà chaud ; envoyer un de leurs laquais chercher des chevaux à Naples était bien long.

À ce moment don Gennarino aperçut à une centaine de pas devant eux un domestique à cheval dont il ne reconnut pas la livrée. Il s'approcha du domestique en lui faisant compliment sur la beauté du cheval andalou qu'il conduisait en laisse.

— Fais mes compliments à ton maître, et apprends-lui qu'il m'a prêté ses chevaux pour aller là-haut jusqu'à la maison de l'ermite. Dans deux heures, ils seront au palais de ton maître ; un des gens de Las Flores sera chargé de tous mes remerciements.

Le domestique à cheval se trouva être un ancien soldat espagnol ; il regardait don Gennarino avec humeur et ne faisait aucune disposition pour descendre de cheval. Don Gennarino le tira par la basque de sa livrée et le retint par l'épaule, de façon qu'il ne tombât pas tout à fait. Il sauta adroitement sur le cheval que le domestique en livrée abandonnait malgré lui, et il offrit le magnifique cheval andalou conduit en laisse au marquis de Charost.

Au moment où celui-ci se mettait en selle, don Gennarino, qui tenait la bride, sentit le froid d'un poignard qui lui effleurait le bras gauche. C'était le vieux domestique espagnol qui marquait son opposition au changement de route des deux chevaux.

— Dis à ton maître, lui dit don Gennarino avec sa gaieté ordinaire, que je lui présente bien mes compliments et que dans deux heures un de mes hommes des écuries du marquis de Las Flores lui ramènera ses deux chevaux, que l'on aura eu soin de ne pas mener trop vite. Ce charmant andalou va procurer une promenade charmante à mon ami.

Comme le domestique furieux s'approchait de don Gennarino comme pour lui donner un second coup de poignard, les deux jeunes gens partirent au galop en éclatant de rire.

Deux heures après, en revenant du Vésuve, don Gennarino chargea un des palefreniers de son père de s'informer du nom que pouvait porter le maître des chevaux et de les ramener chez lui en lui présentant les compliments et les remerciements de don Gennarino. Une heure après, ce palefrenier se présenta tout pâle et vint raconter à don Gennarino que ces chevaux appartenaient à l'archevêque, qui lui avait fait dire qu'il n'acceptait pas les compliments de l'indiscret.

Au bout de trois jours, ce petit incident était devenu une affaire ;

tout Naples parlait de la colère de l'archevêque.

Il y eut un bal à la cour. Don Gennarino, qui était un des danseurs les plus empressés, y parut comme à l'ordinaire, et il donnait le bras à la princesse dona Ferdinanda de Bissignano, qu'il faisait promener dans les salons ainsi que sa belle-fille, dona Rosalinde, lorsque le roi l'appela.

— Raconte-moi ta nouvelle étourderie et l'histoire des deux chevaux que tu as empruntés à l'archevêque.

Après avoir raconté en deux mots l'aventure que le lecteur a vue quelques pages plus haut, don Gennarino ajouta :

— Quoique je ne reconnusse pas la livrée, je ne doutais pas que le propriétaire des deux chevaux ne fût un de mes amis. Je puis prouver que pareille chose m'est arrivée : on a pris sur la promenade des chevaux de l'écurie de mon père dont je me sers. L'an passé, j'ai pris, sur cette même route du Vésuve, un cheval appartenant au baron de Salerne qui, quoique bien plus âgé que moi, n'a eu garde de se fâcher de la plaisanterie, car c'est un homme d'esprit et un grand philosophe, comme le sait Votre Majesté. Dans tous les cas, et au pis du pis, il s'agit de croiser l'épée un instant, car j'ai fait présenter mes compliments, et au fond il ne peut y avoir que moi d'offensé par le refus de les recevoir qu'on m'a fait chez l'archevêque. L'homme des écuries de mon père prétend que ces chevaux n'appartiennent pas à Son Éminence, qui ne s'en est jamais servi.

— Je te défends de donner aucune suite à cette affaire, reprit le roi d'un air sévère. Je te permets tout au plus de faire renouveler tes compliments, si chez Son Éminence on a le bon esprit de vouloir les accepter.

Deux jours après, l'affaire était bien plus grave : l'archevêque prétendait que le roi s'exprimait d'un tel ton sur son compte, que les jeunes gens de la cour saisissaient avec plaisir l'occasion de lui faire offense. D'un autre côté, la princesse de Bissignano prenait hautement le parti du beau jeune homme qui la faisait danser à tous les bals.

Elle démontrait fort bien qu'il n'avait pas reconnu la livrée du domestique qui conduisait les chevaux. Par un hasard qu'on n'expliquait pas, cet habit de livrée se trouvait au pouvoir d'un des domestiques de don Gennarino, et en fait cette livrée n'était pas celle de l'archevêque.

Enfin, don Gennarino était bien éloigné de refuser au propriétaire qui prenait de l'humeur si mal à propos de croiser le fer avec lui. Don Gennarino était même tout disposé d'aller dire à l'archevêque qu'il aurait été au désespoir si les chevaux empruntés si lestement se fussent trouvés lui appartenir.

L'affaire dont nous parlons embarrassait fort sérieusement le roi don Carlos. Par les soins de l'archevêque, tous les prêtres de Naples, au moyen des entretiens qu'ils ont dans les confessionnaux, répandaient le bruit que les jeunes gens de la cour, adonnés à un genre de vie impie, cherchaient à insulter la livrée de l'archevêque.

Le roi se rendit de bon matin à son palais de Portici. Il y avait fait appeler secrètement ce même baron de Salerne que don Gennarino avait nommé dans sa première réponse au roi. C'était un homme de la première qualité et fort riche, qui passait pour le premier génie du pays. Il était extrêmement méchant et sembler saisir toutes les occasions de dire du mal du gouvernement du roi. Il faisait venir de Paris le Mercure galant, ce qui l'avait confirmé dans sa réputation de génie supérieur. Il était fort lié avec l'archevêque, qui même avait voulu être le parrain de son fils. (Par parenthèse, ce fils prit aux sérieux les sentiments libéraux dont son père faisait parade, au moyen de quoi il fut pendu en 1792).

À l'époque dont nous parlons, le baron de Salerne voyait le roi Charles III dans le plus grand mystère et lui rendait compte de bien des choses. Le roi le consultait souvent sur ceux de ses actes qui pouvaient être appréciés par la haute société de Naples. D'après l'avis du baron, le lendemain le bruit se répandit dans toute la société de Naples qu'un jeune parent du cardinal, qui logeait au palais archiépiscopal, ayant ouï dire à sa grande terreur que don Gennarino était aussi adroit sur les armes qu'à tous les autres exercices, qu'il s'était déjà trouvé dans trois rencontres qui en général s'étaient terminées d'une façon peu avantageuse pour ses adversaires, et c'était par suite de ses réflexions profondes sur les tristes vérités énoncées plus haut que le jeune parent de l'archevêque, dont le courage n'égalait pas la haute naissance, après avoir la susceptibilité de se fâcher de l'emprunt des chevaux, avait eu la prudence de déclarer qu'ils appartenaient à son oncle.

Le soir du même jour, don Gennarino alla témoigner à l'archevêque tout le désespoir qu'il aurait éprouvé si les chevaux s'étaient trouvés lui appartenir.

Au bout de la semaine, le parent de l'archevêque, dont on sut le véritable nom, était couvert de ridicule et fut obligé de quitter Naples.

Un mois après, don Gennarino fut fait sous-lieutenant au Ier régiment des grenadiers de la garde, et le roi, qui eut l'air d'apprendre que sa fortune n'égalait pas sa haute naissance, lui envoya trois chevaux superbes, choisis dans ses haras.

Cette marque de faveur eut un éclat singulier, car le roi don Carlos, qui donnait beaucoup, passait pour avare grâce aux bruits répandus par le clergé. Dans cette occasion, l'archevêque fut puni des faux bruits qu'il faisait courir ; le peuple crut qu'un gentilhomme d'une famille assez pauvre, qui passait pour l'avoir bravé, était si utile aux desseins secrets du roi que ce prince sortait de son caractère au point de lui envoyer en cadeau trois chevaux de la plus rare beauté. Il se détachait de l'archevêque comme d'un homme dans le malheur.

L'archevêque, considérant que les accidents qui pourraient arriver à don Gennarino ne pourraient qu'augmenter sa célébrité, résolut d'attendre pour se venger les occasions favorables ; mais comme cette âme ardente ne pouvait vivre sans donner une action quelconque au violent dépit qui la dévorait, tous les confessionnaux de Naples eurent ordre de répandre le bruit qu'à l'époque de la bataille de Velletri le roi était bien loin d'avoir fait preuve de courage ; c'était le duc Vargas del Pardo qui avait tout dirigé et qui, avec le caractère violent et brusque qu'on lui connaissait, avait conduit le roi par la force dans les endroits périlleux où il avait paru. Le roi, qui n'était pas un héros, fut extrêmement sensible à cette nouvelle calomnie, qui eut un cours infini dans Naples.

La nouvelle faveur de don Gennarino en parut un instant ébranlée. Sans la mauvaise plaisanterie d'emprunter des chevaux à un inconnu sur la grande route du Vésuve, à laquelle don Gennarino avait eu l'imprudence de se livrer, personne n'eût l'idée de rappeler les particularités de la bataille de Velletri, que le roi avait le tort de rappeler un peu trop souvent dans ses allocutions aux troupes.

Le roi avait ordonné au jeune sous-lieutenant don Gennarino d'aller visiter son haras de *** et de lui faire connaître le nombre de chevaux tout noirs qu'on pourrait en tirer pour un nouvel escadron de chevau-légers de la reine qu'il formait alors.

Les tempêtes domestiques que l'humeur tenace de la princesse dona Ferdinanda avait causées dans la famille du prince de Bissignano avaient mal disposé ce vieillard, déjà fort irrité du manque d'état de ses trois fils. L'histoire du diamant emprunté à son écrin et non remplacé avait laissé beaucoup d'humeur à la princesse, et comme elle supposait que son mari ne serait pas fâché de faire croire à ses amis du clergé qu'il avait la main forcée par la faveur extraordinaire dont la jeune reine poursuivait sa femme, et qu'il voulait tirer parti de cet incident pour engager la princesse à solliciter de l'emploi pour ses beaux-fils, la princesse profita de la première visite du matin que lui fit don Gennarino au moment même où il apprit son prochain départ pour le haras de ***, la princesse, disons-nous, qui avait un faible fort réel, voyant que de plusieurs jours elle ne le rencontrerait pas à la cour, se déclara indisposée.

Un de ses objets était aussi de contrarier son mari qui, dans l'affaire de la bague donnée par la reine, avait pris une décision qui dans le fond n'était pas en sa faveur : quoique la princesse eût trente-quatre ans, c'est-à-dire trente ans de moins que son mari, elle pouvait encore espérer d'inspirer du goût au jeune don Gennarino. Quoique un peu forte, elle était encore jolie ; son caractère contribuait surtout à lui continuer la réputation de jeunesse : elle était fort gaie, fort imprudente, fort passionnée à la moindre affaire où il lui semblait que sa haute naissance n'était pas assez ménagée.

Pendant les fêtes brillantes de l'hiver de 1740, elle s'était vue toujours environnée à la cour par tout ce qu'il y avait de plus brillant dans la jeunesse de Naples. Elle avait distingué surtout le jeune don Gennarino, qui joignait à des manières fort nobles et même un peu altières, à l'espagnole, la figure la plus gracieuse et la plus gaie. Ses manières vives et familières, à la française, semblaient surtout délicieuses à la princesse dona Ferdinanda chez un descendant d'une des branches de la famille Medina Celi, qui n'était transplantée à Naples que depuis cent cinquante ans.

Gennarino avait les cheveux et les moustaches d'un beau blond et des yeux bleus fort expressifs. La princesse était surtout charmée de cette nuance, qui lui semblait une preuve évidente de la descendance d'une famille gothe.

Elle rappelait souvent que déjà deux fois don Gennarino, fidèle surtout à l'audace et à la bravoure des Goths, ses aïeux, avait été blessé par des frères ou des époux appartenant à des familles dans le sein desquelles il avait porté le désordre. Gennarino, rendu prudent par ces petits accidents, n'adressait la parole que fort rarement à la jeune Rosalinde, quoique celle-ci fût sans cesse à côté de sa belle-mère. Quoique Gennarino n'eût jamais parlé à Rosalinde dans les moments où sa belle-mère ne pouvait pas entendre très distinctement ce qu'il lui disait, Rosalinde n'en était pas moins certaine qu'elle était aimée de ce jeune homme, et Gennarino avait à peu près la même certitude sur les sentiments qu'il inspirait à Rosalinde.

Il serait assez facile de faire comprendre, au milieu de cette France qui plaisante de tout, la profonde et religieuse discrétion qui cachait tous les sentiments dans ce royaume de Naples qui venait d'être soumis pendant cent dix ans aux caprices et à toute la tyrannie des vice-rois espagnols.

Gennarino sentit vivement, en partant pour le haras, le cruel malheur de ne pouvoir adresser même un seul mot à Rosalinde. Non seulement il était jaloux du roi, qui ne prenait aucun soin de cacher son admiration pour elle, mais encore depuis peu son extrême assiduité à la cour l'avait mis à même de pénétrer un secret fort bien gardé : ce même duc Vargas del Pardo, qui autrefois avait été si utile à don Carlos le jour de la bataille de Velletri, s'était imaginé que la faveur toute-puissante dont il jouissait à la cour et son énorme fortune de deux cent mille piastres de rentes pouvait faire oublier à une jeune fille ses soixante-dix ans et la brusquerie originale de son caractère.

Il avait formé le projet de demander au prince de Bissignano la main de sa fille, il offrait de se charger de la fortune de ses trois beaux-frères. Le duc, fort soupçonneux, comme il convient à un vieux Espagnol, n'était arrêté que par l'amour du roi, dont il ne connaissait pas exactement toute la portée. Don Carlos sacrifierait-il une fantaisie à l'idée de se brouiller à jamais avec un favori qui l'aidait à porter tout le poids des affaires, et auquel jusqu'ici il n'avait pas hésité un instant de sacrifier tous les ministres qui avaient choqué l'orgueil de Vargas ? ou bien ce prince, vaincu par la mélancolie douce, mêlée pourtant à quelque gaieté, qui formait le caractère de Rosalinde, avait-il enfin rencontré une vraie passion ?

Ce fut cette incertitude sur l'amour du roi et sur celui du duc del Pardo qui jetèrent Gennarino, voyageant pour se rendre au haras, dans un chagrin tel qu'il n'avait jamais rien éprouvé de semblable. Alors, seulement, il tomba dans toutes les incertitudes des vraies passions ; à peine eut-il été trois jours sans voir Rosalinde qu'il lui arriva de douter d'une chose dont il se croyait si sûr à Naples : l'émotion qu'il croyait lire dans les yeux de Rosalinde lorsqu'elle venait à l'apercevoir, et la contrariété évidente qui la saisissait lorsque sa belle-mère donnait des marques trop claires de son goût violent pour Gennarino.

Le jeune Gennarino avait été assez adroit pour persuader à la princesse de Bissignano que c'était à elle que s'adressaient ses hommages ; mais, dans le fait, il était amoureux de la jeune Rosalinde, et, qui plus est, jaloux.

Ce même duc Vargas del Pardo, qui autrefois avait été si utile à don Carlos dans la nuit qui précéda la bataille de Velletri et maintenant jouissait de la plus haute faveur auprès de ce jeune roi, avait été touché des grâces naïves de la jeune Rosalinde de Bissignano, et de l'air simple et de bonne foi qui brillait dans son regard. Il lui avait fait une cour majestueuse, comme il convient à un homme qui est trois fois grand d'Espagne. Mais il prenait du tabac et portait perruque ; ce sont précisément les deux grands sujets d'horreur pour les jeunes filles de Naples et, quoique Rosalinde eût une dot de vingt mille francs peut-être et n'eût dans la vie d'autre perspective que d'entrer au noble couvent de San Petito, situé dans la partie la plus élevée de la rue de Tolède, alors à la mode, et qui servait de tombeau aux jeunes filles de la plus haute noblesse, elle ne put jamais se résoudre à comprendre les regards passionnés du duc del Pardo. Au contraire, elle comprenait fort bien les yeux que lui faisait don Gennarino dans les moments où il n'était pas observé par la princesse de Bissignano ; il n'était même pas sûr que la jeune Rosalinde ne répondît point quelquefois aux regards de Gennarino.

À la vérité, cet amour n'avait pas le sens commun ; à la vérité, la maison de Las Flores marquait parmi les plus nobles ; mais le vieux duc de ce nom, père de don Gennarino, avait trois fils et, suivant l'usage du pays, il s'était arrangé de façon que l'aîné eût quinze mille ducats de rente (environ cinquante mille francs), tandis que les deux cadets devaient se contenter d'une pension de vingt ducats par mois avec un logement dans les palais à la ville et à la campagne.

Sans être précisément d'accord, don Gennarino et la jeune Rosalinde employaient toute leur adresse à dérober leurs sentiments à la princesse de Bissignano : sa coquetterie n'eût jamais pardonné au jeune marquis les fausses idées qu'elle s'était formées.

Le vieux général, son mari, fut plus clairvoyant qu'elle ; à la dernière fête donnée cet hiver-là par le roi don Carlos, il comprit fort bien que don Gennarino, déjà célèbre par plus d'une aventure, avait entrepris de plaire à sa femme ou à sa fille ; l'un lui convenait aussi peu que l'autre.

Le lendemain, après le déjeuner, il ordonna à sa fille Rosalinde de monter en voiture avec lui et, sans lui adresser une seule parole, la conduisit au noble couvent de San Petito. C'est à ce couvent, alors fort à la mode, qu'appartient cette façade magnifique que l'on voit à gauche dans la partie la plus élevée de la rue de Tolède, près le magnifique palais des Studi. Ces murs, d'une immense étendue, que l'on côtoie si longtemps lorsqu'on se promène dans la plaine du Vomero, au-dessus de l'Arenella, n'ont d'autre objet que d'éloigner les yeux profanes des jardins de San Petito.

Le prince n'ouvrit la bouche que pour présenter sa fille à sa sœur, la sévère dona ***. Il dit à la jeune Rosalinde, comme un renseignement qu'il lui donnait par complaisance et dont elle devait lui savoir gré, qu'elle ne sortirait plus du couvent de San Petito qu'une seule fois dans sa vie, la veille du jour où elle ferait profession.

Rosalinde ne fut point étonnée de tout ce qui lui arrivait, elle savait qu'à moins d'un miracle elle ne devait pas s'attendre à se marier, et dans ce moment elle eût en horreur d'épouser le duc Vargas del Pardo. D'ailleurs, elle avait passé plusieurs années pensionnaire dans ce couvent de San Petito où on la ramenait en ce moment, et tous les souvenirs qu'elle en avait gardés étaient gais et amusants. Le premier jour, elle ne fut donc point trop affligée de son état ; mais dès le lendemain, elle sentit qu'elle ne reverrait jamais le jeune don Gennarino et, malgré tout l'enfantillage de son âge, cette idée commença à l'affliger profondément. D'enjouée et d'étourdie qu'elle était, en moins de quinze jours elle put compter parmi les filles les moins résignées et les plus tristes du couvent. Vingt fois par jour peut-être elle pensait à ce don Gennarino qu'elle ne devait plus revoir, tandis que lorsqu'elle était dans le palais de son père, l'idée de cet aimable jeune homme, ne lui apparaissait qu'une ou deux fois par jour.

Trois semaines après son arrivée au couvent, il lui arriva, à la prière du soir, de réciter sans faute les litanies de la Vierge, et la maîtresse des novices lui donna pour le lendemain la permission de monter pour la première fois au belvédère ; c'est ainsi qu'on appelle cette immense galerie que les religieuses ornent à l'envi de dorures et de tableaux et qui occupe la partie supérieure du côté de la façade du couvent de San Petito qui donne sur la rue de Tolède.

Rosalinde fut enchantée de revoir cette double file de belles voitures, qui à l'heure du cours, occupaient cette partie supérieure de la rue de Tolède. Elle reconnut la plupart des voitures et des dames qui les occupaient. Cette vue l'amusait et l'affligeait à la fois.

Mais comment peindre le trouble qui s'empara de son âme

lorsqu'elle reconnut un jeune homme arrêté sous une porte cochère, agitant avec une sorte d'affectation un bouquet de fleurs magnifiques ? C'était don Gennarino, qui, depuis que Rosalinde avait été enlevée au monde, venait tous les jours en ce lieu dans l'espoir qu'elle paraîtrait au belvédère des nobles religieuses et comme il savait qu'elle aimait beaucoup les fleurs, pour attirer ses regards et se faire remarquer d'elle, il avait soin de se munir d'un bouquet des fleurs les plus rares.

Don Gennarino éprouva un moment de joie marqué lorsqu'il se vit reconnu ; bientôt, il lui fit des signes auxquels Rosalinde se garda bien de répondre ; puis elle réfléchit que, d'après la règle de saint Benoît que l'on suit dans le couvent de San Petito, il pourrait bien se passer plusieurs semaines avant qu'on ne lui permît de reparaître au belvédère. Elle y avait trouvé une foule de religieuses fort gaies ; toutes, ou presque toutes, faisaient des signes à leurs amis, et ces dames paraissaient assez embarrassées de la présence de cette jeune fille en voile blanc qui pouvait être étonnée de leur attitude peu religieuse et en parler au-dehors.

Il faut savoir qu'à Naples, dès la première enfance, les jeunes filles ont l'habitude de parler avec les doigts, dont les diverses positions forment des lettres. On les voit ainsi, dans les salons, discourir en silence avec un jeune homme arrêté à vingt pas d'elles, pendant que leurs parents font la conversation à haute voix.

Gennarino tremblait que la vocation de Rosalinde ne fût sincère. Il s'était retiré un peu en arrière, sous la porte cochère, et de là il lui disait avec le langage des enfants :

— Depuis que je ne vous vois plus, je suis malheureux. Dans le couvent, êtes-vous heureuse ? Avez-vous la liberté de venir souvent au belvédère ? Aimez-vous toujours les fleurs ?

Rosalinde le regardait fixement, mais ne répondait pas. Tout à coup, elle disparut, soit qu'elle eût été appelée par la maîtresse des novices, soit qu'elle eût été offensée du peu de mots que don Gennarino lui avait adressés. Celui-ci resta fort affligé.

Il monta dans ce joli bois qui domine Naples et qu'on appelle l'Arenella. Là s'étend le mur d'enceinte de l'immense jardin du couvent de San Petito. En continuant sa promenade mélancolique, il arriva à la plaine du Vomero, qui domine Naples et la mer ; il alla jusqu'à une lieue de là, au magnifique château du duc Vargas del Pardo. Ce château était une forteresse du Moyen Âge, aux murs noirs et crénelés ; il était célèbre dans Naples par son aspect sombre et par la manie qu'avait le duc de s'y faire servir uniquement par des domestiques venus d'Espagne, et tous aussi âgés que lui. Il disait que, quand il était en ce lieu, il se croyait en Espagne, et, pour augmenter l'illusion il avait fait couper tous les arbres d'alentour.

Toutes les fois que son service auprès du roi le lui permettait, le duc venait prendre l'air dans son château de San Nicolo.

Cet édifice sombre augmenta encore la tristesse de don Gennarino. Comme il s'en revenait, suivant tristement l'enceinte du jardin de San Petito, une idée le saisit :

« Sans doute elle aime encore les fleurs, se dit-il ; les religieuses doivent en faire cultiver dans cet immense jardin ; il doit y avoir des jardiniers, il faut que je parvienne à les connaître. »

Dans ce lieu fort désert, il y avait une petite osteria[1] ; il y entra ; mais il n'avait pas songé, au milieu de l'ardeur que lui donna son idée, que ses habits étaient beaucoup trop magnifiques pour ce lieu, et il vit avec chagrin que sa présence excitait une surprise mêlée de beaucoup de défiance ; alors, il feignit une grande fatigue, il se fit bon enfant avec les maîtres de la maison et les gens du peuple qui vinrent boire quelques brocs de vin. Ses manières ouvertes lui firent pardonner ses vêtements un peu trop riches pour la circonstance. Gennarino ne dédaigna point de boire avec l'hôte et les amis de l'hôte, les vins un peu plus fins qu'il faisait venir. Enfin, après une heure de travail, il vit que sa présence n'effarouchait plus. On se mit à plaisanter sur les nobles religieuses de San Petito et sur les visites que quelques-unes d'entre elles recevaient par-dessus les murs du jardin.

Gennarino s'assura qu'une telle chose, dont on parlait beaucoup à Naples, existait en effet. Ces bons paysans du Vomero en plaisantaient, mais ne s'en montraient point trop scandalisés.

____

1   Cabaret.

— Ces pauvres jeunes filles ne viennent pas là par vocation, comme dit notre curé, mais bien parce qu'on les chasse du palais de leurs pères pour tout donner à leur frère aîné ; il est donc bien naturel qu'elles cherchent à s'amuser. Mais c'est ce qui est devenu difficile sous l'abbesse actuelle, Madame Angela Maria, des marquis de Castro Pignano, qui s'est mis dans la tête de faire la cour au roi et de faire entrer la couronne ducale dans la famille de son neveu en tourmentant ces pauvres jeunes filles, qui de leur vie n'ont songé sérieusement à faire des vœux à Dieu et à la Madone. C'est un plaisir de voir la gaieté avec laquelle elles courent dans le jardin ; on dirait que ce sont de vraies pensionnaires et non pas des religieuses que l'on oblige à des vœux sérieux, et qui les damneront si elles ne songent pas uniquement à les remplir. Dernièrement, pour honorer leur grande noblesse, l'archevêque de Naples vient encore de leur obtenir à la cour de Rome le privilège de faire des vœux à seize ans au lieu de dix-sept, et il y a eu de grandes réjouissances dans le couvent au sujet de l'insigne honneur que ce privilège fait à ces pauvres petites.

— Mais vous parlez du jardin, dit Gennarino ; il me semble bien petit.

— Comment petit ? s'écria-t-on de toutes parts ; on voit bien que vous n'y avez jamais regardé : il y a plus de trente arpents, et maestro Beppo, le jardinier en chef, a quelquefois plus de douze ouvriers à sa solde.

— Et ce jardinier en chef sera quelque beau jeune homme ? s'écria don Gennarino en riant.

— Vous connaissez bien l'abbesse de Castro Pignano ! s'écria-t-on de toutes parts. Elle serait bien femme à souffrir de tels abus ! Le seigneur Beppo a dû prouver qu'il avait plus de soixante-dix ans ; il sortait de chez le marquis de Las Flores, qui a ce beau jardin à Ceri.

Gennarino sauta de joie.

— Qu'avez-vous donc ? lui dirent ses nouveaux amis.

— Ce n'est rien ; je suis si fatigué !

Il avait reconnu dans le seigneur Beppo un ancien jardinier de son père. Il s'enquit adroitement pendant le reste de la soirée du logement de ce seigneur Beppo, jardinier en chef, et de la façon dont on pouvait le voir.

Il le vit en effet dès le lendemain ; le vieux jardinier pleura de joie en reconnaissant le cadet des enfants de son maître, le marquis de Las Flores, qu'il avait si souvent porté dans ses bras et n'eut rien à lui refuser.

Gennarino se plaignit de l'avarice de son père et fit entendre que cent ducats le tireraient d'un embarras extrême.

Deux jours après, la novice Rosalinde, que maintenant l'on appelait la sœur Scolastique, se promenait seule dans le beau parterre situé sur la droite du jardin ; le vieux Beppo s'approcha d'elle :

— J'ai bien connu, lui dit le jardinier, la noble famille des princes de Bissignano. Dans ma jeunesse je fus employé dans leur jardin, et, si Mademoiselle veut le permettre, je lui donnerai une belle rose que j'ai là enveloppée dans des feuilles de vigne, mais c'est sous la condition que Mademoiselle voudra bien ne l'ouvrir que lorsqu'elle sera chez elle, et seule.

Rosalinde prit la rose sans presque remercier ; elle la mit dans son sein et s'achemina pensive vers sa cellule. Comme elle était fille de prince destinée à devenir une religieuse de première classe, cette cellule était composée de trois pièces. À peine entrée, Rosalinde alluma sa lampe ; elle voulut prendre la belle rose qu'elle avait cachée dans son sein, mais le calice de la fleur lui resta dans la main en se détachant de la tige et au milieu de la fleur, caché sous les feuilles, elle trouva le billet suivant ; son cœur battit avec force mais elle ne se fit aucun scrupule de le lire :

« Je suis bien peu riche, ainsi que vous, belle Rosalinde ; car si l'on vous sacrifie à l'établissement de vos frères, moi aussi, comme vous n'ignorez pas peut-être, je ne suis que le troisième fils du marquis de Las Flores. Depuis que je vous ai perdue, le roi m'a fait cornette dans sa garde, et à cette occasion mon père m'a déclaré que moi, mes gens et mes chevaux nous serions logés et nourris au palais de la famille, mais que du reste je devais songer à vivre avec la pension de dix ducats par mois qui, dans notre famille, a toujours été donnée aux cadets.

« Ainsi, chère Rosalinde, nous sommes aussi pauvres et aussi déshérités l'un que l'autre. Mais pensez-vous qu'il soit indispensable et de notre devoir étroit d'être malheureux toute notre vie ? La position désespérée où l'on nous place me donne la hardiesse de vous dire que nous nous aimons et que la cruelle avarice de nos parents ne doit point avoir une complice dans nos volontés. Je finirai par vous épouser, un homme de ma naissance trouvera bien les moyens de vivre. Je ne crains au monde que votre extrême piété. En entretenant une correspondance avec moi, gardez-vous bien de vous considérer comme une religieuse infidèle à ses vœux ; bien loin de là : vous êtes une jeune femme que l'on veut séparer du mari que son cœur a choisi. Daignez avoir du courage, et surtout ne pas vous irriter contre moi ; je n'ai point envers vous une hardiesse inconvenante, mais mon cœur est navré par la possibilité de passer quinze jours sans vous voir, et j'ai de l'amour. Dans les fêtes où nous nous rencontrions dans ces temps heureux de ma vie, le respect m'eût empêché de donner à mes sentiments un langage aussi franc, mais qui sait si j'aurai l'occasion de vous écrire une seconde lettre ? Ma cousine, la sœur ***, que je vais voir aussi souvent que je le puis, m'a dit qu'il se passera peut-être quinze jours avant que vous ayez la permission de remonter au belvédère. Tous les jours je serai, à la même heure, dans la rue de Tolède, peut-être déguisé, car je puis être reconnu et plaisanté par mes nouveaux camarades les officiers du régiment des gardes.

« Si vous saviez comme ma vie est différente et désagréable depuis que je vous ai perdue ! Je n'ai dansé qu'une fois, et encore parce que la princesse de Bissignano est venue me chercher jusqu'à ma place.

« Notre pauvreté fait que nous aurons besoin de tout le monde ; soyez très polie, et même affectueuse, avec tous les gens de service : le vieux jardinier Beppo m'a été utile uniquement parce qu'il a été employé vingt ans de suite dans les jardins de mon père, à Ceri.

« N'aurez-vous point horreur de que je vais vous dire ? Sur le bord de la mer, dans les Calabres, à quatre-vingts lieues de Naples, ma mère possède une terre qui est affermée six cents ducats. Ma mère a de la tendresse pour moi et, si je lui demandais bien sérieusement, elle ferait en sorte que l'intendant de la maison m'affermerait cette terre moyennant la même somme de six cents ducats par an. Comme l'on m'annonce une pension de cent vingt ducats, je n'aurais donc à payer chaque année que quatre cent quatre-vingts ducats, et nous ferions les bénéfices du fermier. Il est vrai que, comme cette résolution serait considérée comme peu honorable, je serais obligé de prendre le nom de cette terre, qui s'appelle ***.

« Mais je n'ose continuer. L'idée que je viens de vous laisser entrevoir vous choque peut-être : quoi donc ! quitter pour jamais le séjour de la noble ville de Naples ? Je suis un téméraire même d'y penser. Considérez toutefois que je puis aussi espérer la mort d'un de mes frères aînés.

« Adieu, chère Rosalinde. Vous me trouverez peut-être bien sérieux : vous n'avez pas l'idée des réflexions qui me passent par la tête depuis trois semaines que je vis loin de vous, il me semble que ce n'est pas vivre. Dans tous les cas, pardonnez-moi mes folies. »

Rosalinde ne répondit point à cette première lettre, qui fut suivie de plusieurs autres. La plus grande faveur que dans ce temps elle accorda à Gennarino fut de lui envoyer une fleur par le vieux Beppo, qui était devenu l'ami de la sœur Scolastique, peut-être parce qu'il avait toujours à lui raconter quelque trait de la première jeunesse de Gennarino.

Celui-ci passait sa vie à errer autour des murs du couvent, il n'allait plus dans le monde ; on ne le voyait à la cour que lorsqu'il était sous les armes, sa vie était fort triste, et il n'eut pas besoin de beaucoup exagérer pour persuader la sœur Scolastique qu'il désirait la mort.

Il était tellement malheureux par cet amour étrange qui s'était emparé de son cœur qu'il osa écrire à son amie que cet entretien si froid par écrit ne lui procurait plus aucun bonheur.

Il avait besoin de l'entretenir de vive voix et d'obtenir à l'instant même les réponses à mille choses qu'il avait à lui dire. Il proposait à son amie de se venir placer dans le jardin du couvent, sous sa fenêtre, accompagné de Beppo.

Après bien des sollicitations, Rosalinde fut attendrie : il fut admis dans le jardin.

Ces entrevues eurent un tel charme pour les amants qu'elles se renouvelèrent bien plus souvent que la prudence ne le permettait. La présence du vieux Beppo fut trouvée inutile ; il laissait ouvert le guichet de la porte de service du jardin, et Gennarino fermait ce guichet en sortant.

Suivant un usage bien établi par saint Benoît lui-même, dans un siècle de trouble et où chacun était obligé de se garder, à trois heures du matin, au moment où les religieuses se rendaient au chœur pour chanter les matines, elles devaient faire une ronde dans les cours et jardins du monastère.

Voici comment cet usage était suivi au couvent de San Petito : les religieuses nobles ne se levaient point à trois heures du matin, mais payaient de pauvres filles qui en leur place chantaient les matines, tandis qu'on ouvrait la porte d'une petite maison située dans le jardin et où logeaient trois vieux soldats, âgés de plus de soixante-dix ans. Ces soldats, bien armés, étaient censés se promener dans les jardins et y lançaient plusieurs gros chiens qui restaient enchaînés toute la journée.

D'ordinaire, ces visites se passaient fort tranquillement ; mais une belle nuit, les chiens firent un tel tapage que tout le couvent fut réveillé. Les soldats, qui s'étaient recouchés après avoir lâché les chiens, accoururent en toute hâte pour faire preuve de présence et lâchèrent plusieurs coups de fusil. L'abbesse eut peur pour le duché de sa famille.

C'était Gennarino qui s'était oublié en faisant la conversation sous la fenêtre de Rosalinde ; il eut assez de peine à échapper, mais il était suivi de si près par les chiens furieux qu'il ne put fermer la porte, et le lendemain l'abbesse Angela Custode fut profondément scandalisée en apprenant que les chiens du couvent avaient parcouru tous les bords de l'Arenella et une partie de la plaine du Vomero. Il était évident pour elle que la porte du jardin s'était trouvée ouverte au moment du grand bruit qu'avaient fait les chiens.

Soigneuse de l'honneur du couvent, l'abbesse dit que des voleurs s'étaient introduits dans le jardin par la négligence des vieux gardiens, qu'elle chassa et remplaça par d'autres, ce qui causa une sorte de révolution dans le couvent, car plusieurs religieuses se plaignirent de cette mesure tyrannique.

Ce jardin n'était point solitaire la nuit ; mais l'on se contentait d'y passer et l'on n'y séjournait point ; le seul don Gennarino trop amoureux pour demander à sa maîtresse de monter chez elle, avait été sur le point de compromettre toutes les amours du couvent.

Dès le lendemain matin cependant, il lui fit parvenir une longue lettre : il sollicitait la permission de monter chez elle, mais il ne put l'obtenir qu'après que Rosalinde eut inventé un moyen de rendre moins cruelles les réclamations de sa conscience.

Comme nous l'avons dit, sa cellule, comme celle de toutes les filles de prince destinées à devenir des religieuse nobles de première classe, était composée de trois pièces. La dernière de ces trois pièces, dans laquelle on n'entrait jamais, n'était séparée d'un magasin de lingerie que par une simple cloison en bois. Gennarino parvint à déplacer un des panneaux de cette cloison d'un pied de large à peu près et d'une hauteur pareille ; presque toutes les nuits, après s'être introduit dans le couvent par le jardin, il passait la tête par cette sorte de fenêtre et avait de longs entretiens avec son amie.

Ce bonheur durait depuis longtemps, et déjà Gennarino sollicitait d'autres faveurs, lorsque deux religieuses, déjà d'un certain âge, et qui recevaient aussi leurs amants par le jardin, furent frappées de la bonne mine du jeune marquis et résolurent de l'enlever à cette petite novice insignifiante. Ces dames parlèrent à Gennarino et, pour donner une couleur honnête à la conversation, commencèrent à lui faire des reproches sur sa façon de s'introduire dans le jardin et dans la sainte clôture d'un couvent de filles.

À peine Gennarino eut-il compris leurs prétentions qu'il leur déclara qu'il ne faisait pas l'amour par pénitence, mais pour s'amuser, et qu'ainsi il les priait de le laisser à ses affaires.

Cette réponse, fort malhonnête, et que dans les mêmes lieux l'on ne se permettait plus aujourd'hui, alluma une fureur tellement aveugle chez les deux religieuses âgées que, malgré l'heure indue,

– il était alors près de deux heures du matin, – elles n'hésitèrent pas à aller réveiller l'abbesse.

Par bonheur pour le jeune marquis, les religieuses dénonciatrices ne l'avaient pas reconnu ; l'abbesse était sa grand-tante, sœur cadette de son grand-père ; mais, passionnée pour sa gloire et l'avancement de sa maison, comme elle savait que le jeune roi Charles III était un courageux et sévère partisan de la règle, elle eût dénoncé au prince, son neveu, les dangereuses folies de Gennarino qui, probablement, eût reçu du service en Espagne, ou du moins en Sicile.

Les deux religieuses eurent beaucoup de peine à parvenir jusqu'à l'abbesse et à la réveiller ; mais, aussitôt que cette abbesse dévote et zélée eut compris de quel crime effroyable il était question, elle courut à la cellule de la sœur Scolastique.

Gennarino n'avait rien dit à son amie de sa rencontre avec les deux religieuses âgées, et il était à s'entretenir tranquillement avec elle dans la pièce qui touchait à la lingerie, lorsque Scolastique et lui entendirent ouvrir avec fracas la chambre à coucher de ce petit appartement.

Les deux amants n'étaient éclairés que par la lumière incertaine des étoiles ; leurs yeux furent tout à coup éblouis par la vive clarté de huit à dix lampes éclatantes que l'on portait à la suite de l'abbesse.

Gennarino savait, comme tout le monde à Naples, à quels périls extrêmes était exposée une religieuse ou une simple novice convaincue d'avoir reçu un homme dans ce petit appartement qu'on appelait sa cellule. Il n'hésita pas à sauter dans le jardin par la fenêtre fort élevée de la lingerie.

Le crime était évident, Scolastique ne disait rien pour se justifier ; l'abbesse Angela Custode l'interrogea sur-le-champ. L'abbesse, grande fille sèche et pâle de quarante ans et appartenant à la plus haute noblesse du royaume, avait toutes les qualités morales qu'annoncent les diverses circonstances. Elle avait tout le courage nécessaire pour faire exécuter les sévérités de la règle, surtout depuis que le jeune roi, qui avait deviné son métier de roi absolu, avait déclaré hautement qu'en toutes choses il voulait la règle, et la règle dans toute son exactitude ; enfin l'abbesse Angela Custode appartenait à la famille de Castro Pignano, ennemie de celle du prince de Bissignano depuis le roi duc d'Anjou, frère de saint Louis.

La pauvre Scolastique, surprise au milieu de la nuit par tout ce monde, par toutes ces lumières, parlant dans sa chambre avec un jeune homme, se cachait la figure avec les mains et était tellement pénétrée de honte qu'elle ne songeait pas à faire observer dans ce premier moment, si décisif pour elle, les choses qui pouvaient être de la plus grande importance.

Le peu de mots qu'elle dit lui était tout à fait défavorable ; elle répéta deux fois :

— Mais ce jeune homme est mon époux !

Ce mot, qui donnait à penser des choses qui n'étaient point, réjouit beaucoup les deux religieuses dénonciatrices, et ce fut l'abbesse qui, par esprit de justice, fit remarquer que, d'après la disposition des lieux, le libertin maudit qui avait osé violer la clôture du couvent ne se trouvait pas du moins dans la même chambre que la novice égarée. Il s'était introduit seulement dans un des magasins de la lingerie, il avait enlevé une planche de la cloison en bois qui séparait ce magasin de la chambre de la novice Scolastique ; sans doute il parlait avec elle, mais il ne s'était point introduit chez elle, puisqu'au moment où il avait été surpris et où l'on avait pénétré dans la seconde chambre de la cellule de Scolastique, on avait aperçu le libertin dans le magasin de la lingerie et que c'est de là qu'il s'était enfui.

La pauvre Scolastique s'était si fort abandonnée elle-même, qu'elle se laissa conduire dans une prison presque tout à fait souterraine et dépendant de l'*in pace* de ce noble couvent, lequel est creusé dans la roche assez tendre sur laquelle on voit s'élever aujourd'hui le magnifique bâtiment des Studi. On ne devait placer dans cette prison que les religieuses ou novices condamnées ou surprises en flagrant délit atroce. Cette condition était gravée au-dessus de la porte, ce qui n'était point le cas de la novice Scolastique. L'abus que l'on commettait n'échappa point à l'abbesse, mais on croyait que le roi aimait la sévérité, et l'abbesse songeait au duché de sa famille.

Elle pensa qu'elle avait assez fait en faveur de la jeune fille en faisant observer qu'elle n'avait point admis précisément dans sa chambre l'affreux libertin qui avait cherché à déshonorer le noble couvent.

Scolastique laissée seule dans une petite chambre creusée dans le roc, à cinq ou six pieds seulement au-dessous du niveau de la place voisine, que l'on avait établie en creusant un peu dans la roche tendre, se trouva soulagée d'un grand poids quand elle se vit seule et délivrée de ces lampes éclatantes qui, en éblouissant ses yeux, semblaient lui reprocher sa honte.

« Et dans le fait, se disait-elle, laquelle de ces religieuses si altières a le droit de se montrer si sévère à mon égard ? J'ai reçu la nuit, mais jamais dans ma chambre, un jeune homme que j'aime, et que j'espère épouser. Le bruit public prétend que beaucoup de ces dames, qui se sont liées envers le ciel par des vœux, reçoivent des visites la nuit ; et depuis que je suis dans ce couvent, j'ai entrevu des choses qui me font penser comme le public.

« Ces dames disent publiquement que San Petito n'est point un couvent comme l'entend le saint Concile de Trente, un lieu d'abstinence et d'abnégation ; c'est tout simplement une retraite décente dans laquelle on peut faire vivre avec économie de pauvres filles de haute naissance qui ont le malheur d'avoir des frères. On ne leur demande ni abstinence, ni abnégation, ni malheurs intérieurs qui viendraient aggraver gratuitement le malheur d'être sans fortune. Quant à moi, à la vérité, je suis arrivée ici avec l'intention d'obéir à mes parents, mais bientôt Gennarino m'a aimée, je l'ai aimé, et, quoique fort pauvres l'un et l'autre, nous avons pensé à nous marier et à aller vivre dans une petite campagne à vingt lieues de Naples, sur les bords de la mer au-delà de Salerne. Sa mère lui a dit qu'elle lui ferait donner la ferme de cette petite terre, qui ne rapporte que cinq cents ducats à la famille. Sa pension comme cadet est de quarante ducats par mois ; on ne pourra guère me refuser, une fois mariée, la pension que ma famille m'accorde ici pour se débarrasser de moi ; et, sortie d'un procès, ce sont encore dix ducats par mois. Vingt fois nous avons fait nos calculs ; avec toutes ces petites sommes, nous pouvons vivre, sans gens à notre livrée, mais fort bien, avec ce qui est nécessaire à la vie physique. Toute la difficulté consiste à obtenir de l'humeur altière de nos parents qu'ils nous laissent vivre comme de simples bourgeois. Gennarino pense qu'il suffira, pour tout aplanir, de prendre un nom étranger à la famille du duc son père. »

Ces idées, et d'autres du même genre, vinrent au secours de la pauvre Scolastique. Mais les religieuses, au nombre de près de cent cinquante, qui remplissaient ce couvent, considéraient la surprise qui venait d'être opérée la nuit précédente comme très avantageuse pour la gloire du couvent.

Tout Naples prétendait que ces dames recevaient la nuit leurs amis particuliers ; eh bien, l'on avait ici une jeune fille d'une haute naissance qui ne savait pas se défendre et que l'on pourrait condamner suivant toute la sévérité de la règle. La seule précaution à prendre était de ne lui laisser aucune communication avec sa famille pendant toute la durée de la procédure. Quand viendrait ensuite l'époque du jugement, la famille aurait beau faire, elle ne pourrait guère empêcher l'application d'une peine sévère qui relèverait dans Naples et dans tout le royaume la réputation un peu attaquée du noble couvent.

L'abbesse Angela Custode assembla le chapitre, composé de sept religieuses élues par toutes les religieuses parmi celles d'entre elles âgées de plus de soixante-dix ans. La sœur Scolastique refusa de nouveau de répondre ; on l'envoya dans une chambre dont la fenêtre unique donnait contre un mur fort élevé. Là, elle fut obligée à un silence absolu et gardée à vue par deux sœurs converses.

L'étrange accident survenu dans le couvent de San Petito, où toutes les grandes familles de Naples avaient des parents, fut bientôt public. L'archevêque demanda un rapport à l'abbesse, qui raconta les choses en les atténuant, afin de ne pas compromettre le noble couvent.

Comme la famille du prince de Bissignano touchait à tout ce qu'il y avait de plus grand dans le royaume, l'archevêque, qui pouvait renvoyer le procès à sa cour archiépiscopale[2], crut devoir aller prendre les ordres du roi.

---

2 Curia archivescovile.

Ce prince, ami de l'ordre, devint furieux au récit que lui fit l'archevêque ; et l'on a remarqué depuis que le duc Vargas del Pardo, qui se trouvait présent lors de l'audience accordée à l'archevêque, entendant parler des déportements d'une religieuse nommée dona Scolastica, à lui inconnue, conseilla au jeune prince une grande sévérité.

— Que Votre Majesté se rappelle toujours que qui ne craint pas Dieu ne craint pas son roi !

À son retour du palais, l'archevêque saisit son tribunal archiépiscopal de cette triste cause. Un vicaire général, deux fiscaux et un secrétaire appartenant à ce tribunal entrèrent au couvent de San Petito pour procéder à l'interrogatoire et à l'instruction du procès. Jamais ces messieurs ne purent obtenir de la sœur Scolastique d'autre réponse que celle-ci :

— Il n'y a pas de mal dans mon action, elle est innocente. Je ne pourrai jamais dire que cela, et je ne dirai que cela.

Après tous les détails prescrits par la loi et encore prolongés par la faveur de l'abbesse qui, vers la fin du procès, eût voulu à tout prix éviter ce scandale à son couvent, le tribunal archiépiscopal, considérant qu'il n'y avait pas de corps de délit, c'est-à-dire que suivant la déposition de l'abbesse les témoins n'avaient pas vu dans la même chambre la sœur Scolastique et un homme, mais seulement un homme s'enfuyant d'une pièce voisine et séparée, cette sœur fut condamnée à être déposée dans l'*in pace* jusqu'à ce qu'elle fasse connaître le nom de l'homme qui se trouvait dans la pièce voisine et avec lequel elle s'entretenait.

Le lendemain, lorsque Scolastique parut pour subir un premier jugement devant les Anciennes, présidées par l'abbesse, celle-ci parut avoir une tout autre idée de l'affaire. Elle pensait qu'il serait dangereux pour le couvent d'entretenir un public malin de ces désordres intérieurs. Ce public dirait : Vous punissez une intrigue qui a été maladroite, et nous savons qu'il en existe des centaines d'autres. Puisque nous avons affaire à un jeune roi qui prétend avoir du caractère et voulait faire exécuter les lois, chose que l'on vit jamais en ce pays, nous pouvons profiter de cette mode passagère pour obtenir une chose qui sera plus utile au couvent que la condamnation solennelle de dix pauvres religieuses devant l'archevêque de Naples et tous les chanoines qu'il aura appelés pour composer son présidial. Je veux que l'on punisse l'homme qui a osé pénétrer dans notre couvent ; un seul beau jeune homme de la cour jeté dans une forteresse pour plusieurs années fera plus d'effet que la condamnation d'une centaine de religieuses. D'ailleurs, ce sera justice : l'attaque vient du côté des hommes. La Scolastique n'a point reçu celui-ci précisément dans sa chambre, et plût à Dieu que toutes les religieuses du couvent eussent autant de prudence ! Elle va nous faire connaître le jeune imprudent que je dois poursuivre à la cour et comme, dans le fait, elle n'est que fort peu coupable, nous allons la condamner à quelque peine légère.

L'abbesse eut beaucoup de peine à ranger les Anciennes à son avis ; mais enfin sa naissance, et surtout ses relations à la cour étaient tellement supérieures aux leurs qu'elles avaient été obligées de céder. Et l'abbesse pensait que la séance du tribunal ne durerait qu'un instant. Mais il en fut tout autrement.

Scolastique ayant récité ses prières à genoux devant le tribunal, comme c'est l'usage, n'ajouta que ce peu de paroles :

— Je ne me regarde point comme une religieuse. J'ai connu ce pauvre jeune homme dans le monde ; quoique fort pauvres l'un et l'autre, nous avons le projet de nous marier.

Ce mot, offensant la base du credo du couvent, était le plus grand crime que l'on pût prononcer dans le noble couvent de San Petito.

— Mais le nom ! le nom du jeune homme ! s'écria l'abbesse, interrompant avec impatience le discours qu'elle supposait que Scolastique allait prononcer en faveur du mariage.

Scolastique répondit :

— Vous ne saurez jamais ce nom. Je ne nuirai jamais par mes paroles à l'homme qui doit être mon époux.

En effet, quelques instances que pussent faire l'abbesse et les Anciennes, jamais la jeune novice ne voulut nommer Gennarino. L'abbesse alla jusqu'à lui dire : « Tout vous sera pardonné, et je vous renvoie immédiatement dans votre cellule si vous vouliez dire un mot » ; la jeune fille faisait le signe de la croix, saluait profondément, et faisait signe qu'elle ne pouvait dire un seul mot.

Elle savait bien que Gennarino était le neveu de cette abbesse terrible.

« Si je le nomme, se disait-elle, j'obtiens pardon et oubli, comme le répètent ces dames ; mais à lui, tout ce qui peut lui arriver de moins funeste c'est d'être envoyé en Sicile ou même en Espagne, et je ne le reverrai jamais. »

L'abbesse fut tellement irritée du silence invincible de la jeune Scolastique que, oubliant tous ses projets de clémence, elle se hâta de faire un rapport au cardinal archevêque de Naples sur ce qui s'était passé au couvent la nuit précédente.

Toujours pour plaire au roi, qui voulait être sévère, l'archevêque prit cette affaire fort à cœur ; mais, ne pouvant rien découvrir par l'entremise de tous les curés de la capitale et par celle de tous les observateurs dépendant directement de l'archevêché, l'archevêque parla de cette affaire au roi, qui se hâta de la renvoyer à son ministre de la police, lequel dit au roi :

— Il me semble que Votre Majesté ne peut guère, sans avoir recours au sang, faire un exemple terrible et qui laisse un long souvenir, qu'autant que le jeune homme qui s'est introduit dans la lingerie du couvent de San Petito se trouvera appartenir à la cour ou aux premières familles de Naples.

Le roi étant convenu de cette vérité, le ministre lui présenta une liste de deux cent quarante-sept personnes, l'une desquelles pouvait être soupçonnée sans trop d'improbabilité d'avoir pénétré dans le noble couvent.

Huit jours après, Gennarino fut arrêté sur la simple observation que, depuis six mois, il était devenu d'une économie excessive, arrivant presque jusqu'à l'avarice, et sur ce que, depuis la nuit de l'attentat, sa façon de vivre semblait avoir entièrement changé.

Pour juger du degré de confiance que devait obtenir cet indice, le ministre prévint l'abbesse, qui fit retirer pour un instant la sœur Scolastique de la prison à demi souterraine où elle passait sa vie. Comme elle l'exhortait à répondre avec sincérité, le ministre de la police entra dans le parloir de l'abbesse et lui annonça, en présence de Scolastique, que le jeune Gennarino de Las Flores venait d'être tué par les sbires devant lesquels il fuyait.

Scolastique tomba évanouie.

— Notre preuve est faite, s'écria le ministre triomphant ; et je sais plus en six mots que Votre Révérence en six mois de soins.

Mais il fut étonné de l'extrême froideur avec laquelle la noble abbesse accueillait son exclamation.

Ce ministre, suivant l'usage de cette cour était un petit avocat : en conséquence de quoi, l'abbesse jugea à propos de prendre avec lui les plus grands airs de hauteur.

Gennarino était son neveu, et elle craignait que cette imputation, qui allait être mise directement sous les yeux du roi, ne nuisît à sa noble famille.

Le ministre, qui se savait exécré de la noblesse, et n'avait d'espoir pour sa fortune que dans le roi, suivit franchement l'indice qu'il venait d'obtenir, malgré toutes les sollicitations dont le duc de Las Flores sut l'environner. Cette affaire commença à faire du bruit à la cour ; le ministre, qui d'ordinaire voulait éviter le scandale, cette fois-ci chercha à l'exciter.

Ce fut un beau spectacle, et auquel toutes les dames de la cour voulurent assister, que celui de la confrontation de Gennarino de Las Flores, cornette du régiment des gardes, avec la jeune Rosalinde de Bissignano, maintenant sœur Scolastique, novice à San Petito.

Les églises intérieure et extérieure du couvent avaient été magnifiquement tendues à cette occasion ; les invitations aux dames furent faites par le ministre pour assister à un des actes de la procédure de Gennarino de Las Flores, cornette aux gardes. Le ministre laissa entendre que ce procès entraînerait la peine capitale pour le jeune Gennarino et une prison perpétuelle dans l'in pace pour la sœur Scolastique. Mais l'on savait bien que le roi n'oserait pas envoyer à la mort pour une cause si légère un membre de l'illustre maison de Las Flores.

L'église intérieure de San Petito est ornée et dorée avec la plus grande magnificence.

Beaucoup des nobles religieuses seraient devenues sur la fin de leurs jours, si ce n'eût été le vœu de pauvreté, les héritières de tout le bien de leur famille ; dans ce cas-là, l'usage était, dans les familles consciencieuses, de leur accorder un quart ou un sixième des revenus des biens qui leur seraient échus, et cela pendant le reste d'une vie qui n'était jamais bien longue.

Toutes ces sommes étaient employées à l'ornement de l'église extérieure, dont l'usage était accordé au public, et de l'église intérieure, où les religieuses venaient prier et célébrer les offices. À San Petito, l'église intérieure, ou le chœur des religieuses, était séparée de l'église où le public était admis par une grille dorée de soixante pieds de hauteur.

Pour la cérémonie de la confrontation, l'immense porte de cette grille, qui ne peut s'ouvrir qu'en présence de l'archevêque de Naples, avait été ouverte ; toutes les dames titrées avaient été admises dans le chœur ; l'église extérieure avait été disposée pour recevoir le trône de l'archevêque, les femmes nobles non titrées, les hommes, et enfin, derrière une chaîne tendue en travers de l'église et près de la porte, tout le reste des fidèles.

L'immense voile de soie verte qui garnit tout l'intérieur de la grille de soixante pieds de haut et au centre duquel brille le chiffre colossal de la Madone, formé avec des galons larges de quatre pouces, avait été transporté au fond du chœur.

Là, après l'avoir attaché à la voûte, on l'avait relevé. Le prie-Dieu devant lequel la sœur Scolastique parla était un peu en arrière du point de la voûte où le grand voile avait été attaché, et au moment où sa déclaration si courte fut terminée, ce grand voile, tombant de la voûte, la sépara rapidement du public et termina la cérémonie d'une façon imposante et qui laissa dans tous les cœurs de la crainte et de la tristesse. Il semblait que la pauvre fille vint d'être à jamais séparée des vivants.

Au grand déplaisir des belles dames de la cour de Naples, la cérémonie de la confrontation ne dura qu'un instant. Jamais la jeune Rosalinde, pour parler comme les dames de la cour, n'avait été mieux à son avantage que dans ce simple habit de novice. Elle était aussi belle qu'autrefois quand elle suivait sa belle-mère, la princesse de Bissignano, aux bals de la cour, et sa physionomie était bien plus touchante : elle avait beaucoup maigri et pâli.

On l'entendit à peine quand, après un Venri creator de la composition de Pergolèse, chanté par toutes les voix du couvent, Scolastique, ivre d'amour et de bonheur en revoyant son ami, qu'elle n'avait point aperçu depuis près d'un an, prononça ces mots :

— Je ne connais point monsieur, je ne l'ai jamais vu.

Le ministre de la police se montra furieux en entendant ce mot et en voyant tomber ce voile, ce qui terminait d'une façon si brusque et en quelque sorte ridicule pour lui le grand spectacle qu'il avait voulu donner à la cour. Avant de quitter le couvent, il laissa échapper des menaces terribles.

Don Gennarino, de retour dans sa prison, fut informé de tout ce qu'avait dit le ministre. Ses amis ne l'avaient point abandonné ; ce n'était pas son amour qui le faisait valoir auprès d'eux ; si l'on ne croit pas à l'amour passionné dont un homme de notre âge nous fait confidence, on lui trouve de la fatuité ; si l'on y croit, on est jaloux de lui.

Don Gennarino, au désespoir, exposait à ses amis qu'il était engagé, comme homme d'honneur, à délivrer la sœur Scolastique des dangers dans lesquels on l'avait plongée ; ce raisonnement fit une impression profonde sur les amis de don Gennarino.

Le geôlier de la prison dans laquelle il était enfermé avait une fort jolie femme, laquelle représenta au protecteur de son mari que depuis longtemps celui-ci demandait que l'on fît des réparations aux murs extérieurs de la prison. Le fait était notoire et ne pouvait être mis en doute.

— Eh bien, ajouta cette jolie femme, de ce fait notoire Votre Excellence peut tirer occasion de nous accorder une gratification de mille ducats, laquelle nous enrichirait à jamais. Les amis du jeune Gennarino de Las Flores, qui est en prison comme soupçonné seulement d'avoir pénétré de nuit dans le couvent de San Petito où, comme vous le savez, les plus grands seigneurs de Naples ont leurs maîtresses et sont bien plus soupçonnés de pénétrer, les amis de don

Gennarino, dis-je, offrent mille ducats à mon mari pour le laisser échapper. Mon mari sera mis en prison pour quinze jours ou un mois ; nous vous demandons votre protection afin qu'il ne soit pas destitué et qu'on lui rende sa place au bout de quelque temps.

Le protecteur trouva commode cette façon d'accorder une gratification considérable, et consentit.

Ce ne fut pas le seul service que le jeune prisonnier reçut de ses amis. Ils avaient tous des parents dans le couvent de San Petito ; ils redoublèrent d'affection pour elles et tinrent don Gennarino parfaitement informé de tout ce qui arrivait à la sœur Scolastique.

Il résulta de leurs bons offices qu'une nuit de tempête, vers les une heure du matin, dans un moment où les vents furieux et une pluie à verse semblaient se disputer l'empire des rues de Naples, Gennarino sortit de sa prison tout simplement par la porte, le geôlier s'étant chargé de dégrader la terrasse de la prison, par laquelle il serait censé s'être échappé.

Don Gennarino, aidé d'un seul homme, déserteur espagnol, brave à trois poils dont la profession à Naples était d'aider les jeunes gens dans les entreprises scabreuses, don Gennarino, disons-nous, profitant du tapage universel excité par le vent, et d'ailleurs aidé par Beppo, dont l'amitié ne se démentit point dans cette circonstance périlleuse, pénétra dans le jardin du couvent. Malgré le tapage épouvantable causé par la pluie et le vent, les chiens du couvent le sentirent et bientôt furent sur lui. Probablement ils l'eussent arrêté s'il eût été seul, tant ils étaient forts ; mais, se plaçant dos à dos avec le déserteur espagnol, il parvint à tuer deux de ces chiens et à blesser le troisième.

Les cris de ce dernier attirèrent un gardien.

Ce fut en vain que don Gennarino lui offrit une bourse et lui parla raison ; cet homme était dévot, avait une grande idée de l'enfer, et ne manquait pas de courage. Il se fit blesser en se défendant, on le bâillonna avec un mouchoir et on l'attacha à un gros olivier.

Le double combat avait pris beaucoup de temps, la tempête semblait se calmer un peu, et le plus difficile restait encore à faire : il fallait pénétrer dans le vade *in pace*.

Il se trouva que les deux sœurs converses chargées de descendre toutes les vingt-quatre heures à la sœur Scolastique le pain et la cruche d'eau que le couvent lui accordait, avaient eu peur cette nuit-là et avaient mis les verrous à des portes énormes garnies de fer que Gennarino avait pensé pouvoir ouvrir avec des crochets ou des fausses clés. Le déserteur espagnol, habile à grimper le long des murs, l'aida à parvenir jusqu'au toit du pavillon qui recouvrait les puits creusés dans le roc de l'Arenella qui formaient l'*in pace* du couvent de San Petito.

La terreur des sœurs converses n'en fut que plus grande lorsqu'elles virent descendre de l'étage supérieur ces deux hommes couverts de boue qui se précipitèrent sur elles, les bâillonnèrent et les attachèrent.

Il restait à pénétrer dans l'*in pace*, ce qui n'était pas chose facile. Gennarino avait bien pris aux sœurs converses un énorme trousseau de clefs ; mais il y avait plusieurs puits, tous également fermés par des trappes, et les sœurs converses se refusèrent à indiquer celui dans lequel la sœur Scolastique était enfermée.

L'Espagnol tirait déjà son poignard pour les piquer et les faire parler, mais don Gennarino, qui connaissait le caractère d'extrême douceur de la sœur Scolastique, eut peur de lui déplaire par cette violence. Contre l'avis de l'Espagnol, qui lui répétait ces mots : « Monseigneur, nous perdons du temps, et nous n'en serons que d'autant plus obligés à en venir au sang », Gennarino s'obstina à ouvrir tous les puits et à appeler.

Enfin, après plus de trois quarts d'heure d'essais infructueux, un faible cri de *Deo gratias* répondit à ses cris. Don Gennarino se précipita dans un escalier tournant qui avait plus de quatre-vingts marches ; et ces marches, taillées dans la roche tendre et fort usées, étaient fort difficiles à descendre et formaient presque un sentier fort en pente.

La sœur Scolastique, qui n'avait pas vu la lumière depuis trente-sept jours, c'est-à-dire depuis celui de la confrontation avec Gennarino, fut éblouie par la petite lampe que portait l'Espagnol. Elle ne comprenait rien à ce qui lui arrivait ; enfin lorsqu'elle reconnut don Gennarino, couvert de boue et de beaucoup de taches de sang, elle s'évanouit en se jetant dans ses bras.

Cet accident consternait le jeune homme.

— Il n'y a pas de temps à perdre, s'écria l'Espagnol, plus expérimenté.

Ils prirent à deux la sœur Scolastique, profondément évanouie, et eurent beaucoup de peine à la remonter le long de cet escalier à demi détruit.

Ce fut l'Espagnol qui eut la bonne idée, une fois arrivés dans la chambre habitée par les sœurs converses, d'envelopper Scolastique, qui à peine reprenait ses sens, d'un grand manteau d'étoffe grise qui se trouvait en ce lieu.

On ouvrit les verrous des portes qui donnaient sur le jardin.

L'Espagnol, formant l'avant-garde, sortit en avant, l'épée à la main ; Gennarino le suivait, portant Scolastique. Mais ils entendirent dans le jardin un grand bruit de fort mauvais augure : c'étaient les soldats.

L'Espagnol avait voulu tuer le gardien, ce qui avait été repoussé avec horreur par Gennarino.

— Mais, Excellence, nous sommes sacrilèges, puisque nous avons violé la clôture, et condamnés à mort bien plus sûrement encore que si nous avions tué. Cet homme peut nous perdre, il faut le sacrifier.

Rien n'avait pu décider Gennarino. L'homme, attaché à la hâte, avait délié les cordes qui le retenaient et était allé réveiller les autres gardiens, et chercher des soldats au poste de la rue de Tolède.

— Ce ne sera pas une petite affaire de nous tirer d'ici, s'écria l'Espagnol, et surtout d'en tirer mademoiselle ! J'avais bien raison de dire à Votre Excellence qu'il fallait être trois au moins.

Au bruit de ces paroles, deux soldats se dressèrent devant eux. L'Espagnol abattit le premier d'un coup de pointe ; le second voulut abaisser son fusil mais la branche d'un arbuste l'arrêta un instant, ce qui donna le temps à l'Espagnol de l'abattre également.

Mais ce dernier soldat n'était pas tué net et jeta des cris.

Gennarino s'avançait vers la porte portant Scolastique ; il était escorté par l'Espagnol. Gennarino courait, et l'Espagnol lançait quelques coups d'épée à ceux des soldats qui s'avançaient trop.

Heureusement, la tempête semblait avoir recommencé ; la pluie, qui tombait à torrents, favorisait cette retraite singulière. Mais il arriva qu'un soldat, blessé par l'Espagnol, tira son coup de fusil, dont la balle atteignit légèrement Gennarino au bras gauche. Huit ou dix soldats accoururent des parties éloignées du jardin au bruit du coup de feu.

Nous l'avouerons, Gennarino montra de la bravoure dans cette retraite, mais ce fut le déserteur espagnol qui fit preuve de talents militaires.

— Nous avons plus de vingt hommes contre nous : le moindre faux pas, et nous sommes perdus. Mademoiselle sera condamnée au poison comme notre complice, elle ne pourra jamais prouver qu'elle n'était pas d'accord avec votre Excellence. Je me connais dans ces sortes d'affaires ; il faut la cacher dans un fourré et la coucher à terre ; nous la couvrirons du manteau. Pour nous, laissons-nous voir des soldats et attirons-les à l'autre extrémité du jardin. Là, nous tâcherons de leur faire croire que nous nous sommes sauvés par-dessus le mur ; puis nous reviendrons ici et tâcherons de sauver mademoiselle.

— Je voudrais bien ne pas te quitter, dit Scolastique à Gennarino. Je n'ai pas peur, et je me tiendrai trop heureuse de mourir avec toi.

Ce furent les premières paroles qu'elle prononça.

— Je puis marcher, ajouta-t-elle.

Mais la parole lui fut coupée par un coup de fusil qui partit à deux pas d'elle, mais qui ne blessa personne. Gennarino la reprit dans ses bras ; elle était mince et assez petite, et il la portait sans peine. Un éclair qui survint lui fit voir douze ou quinze soldats sur la gauche. Il s'enfuit rapidement vers la droite, et bien lui en prit d'avoir pris vite sa résolution, car presque au même moment une douzaine de coups de fusil vinrent cribler de balles un petit olivier…

***

— Laissez donc la sœur, lui crie Beppo, ou nous sommes tous

46

deux perdus.

Elle reste évanouie dans un massif d'arbustes, les soldats poursuivent don Gennarino, Beppo resté seul porte Rosalinde jusque dans la rue, lui jette de l'eau à la figure, referme la porte du jardin et va se coucher. Il était alors une heure du matin. Sur les trois heures la fraîcheur fait revenir à elle Rosalinde, elle monte jusqu'à la plaine du Vomero. Comme le jour allait paraître, elle se réfugie dans une maison de paysans auquel elle demande des habits. « Si je suis reprise, lui dit-elle, ma mort est certaine. » Le paysan touché de pitié et qui a ouï parler des rigueurs de l'*in pace* donne à la religieuse des habillements de sa femme ; mais il se trouve qu'il est le fermier du château du duc de Vargas del Pardo.

Le soir lorsque son maître vient au château, son fermier lui rend compte de tout. Le duc descend à la ferme et lui parlant d'une religieuse qui s'est enfuie de son couvent, le duc excellent catholique annonce les résolutions les plus sévères. Son extrême surprise lorsqu'il reconnaît Rosalinde.

***

Le duc de Vargas songeait plus que jamais à la disparition de la malheureuse Rosalinde. Il avait fait des démarches qui n'avaient eu aucun succès, car il ne savait pas qu'elle portait le nom de Suora Scolastica.

Le jour de sa fête survint. Ce jour-là, son palais était ouvert, et il donnait audience à tous les officiers de sa connaissance. Tous ces militaires en grande tenue furent bien surpris de voir arriver dans la première antichambre une femme, qui leur parut être une sœur converse de quelque couvent ; et encore, dans le but évident de n'être pas reconnue à son habit, elle était enveloppée d'un long voile noir, ce qui lui donnait l'apparence de quelque veuve de la classe du peuple accomplissant quelque pénitence.

Comme les laquais du duc entreprenaient de la chasser, elle se mit à genoux, tira de sa poche un long chapelet, et se mit à marmotter des prières. Elle attendit en cet état que le premier valet de chambre du duc vînt la saisir par le bras ; alors elle lui montra sans dire mot un fort beau diamant, puis elle ajouta :

— Je jure sur la Vierge de ne demander aucune sorte d'aumône à Son Excellence. Monsieur le duc connaîtra, par ce diamant, le nom de la personne de la part de laquelle je me présente.

Toutes ces circonstances excitèrent au plus haut degré la curiosité du duc, qui se hâta d'expédier les trois ou quatre personnes du premier rang qui se trouvaient à son audience ; puis, avec une politesse noble et vraiment espagnole, il demanda la permission aux simples officiers de recevoir avant eux une pauvre religieuse qui ne lui était nullement connue.

À peine la sœur converse se vit-elle dans le cabinet du duc, seule avec lui, qu'elle se mit à genoux.

— La pauvre sœur Scolastica est arrivée au dernier degré du malheur. Tout le monde paraît déchaîné contre elle. Elle m'a chargée de laisser entre les mains de Votre Excellence cette belle bague. Elle dit que vous connaissez la personne qui la lui donna dans des temps plus heureux. Vous pourriez, par le secours de cette personne, obtenir pour quelque personne de votre confiance l'autorisation de venir voir la sœur Scolastica ; mais, comme elle se trouve dans l'*in pace della morte*, il faudrait obtenir une permission particulière de monseigneur l'archevêque.

Le duc avait reconnu la bague, et, malgré son âge avancé, il était tellement hors de lui qu'il avait peine à articuler des paroles.

— Dis le nom, dis le nom du couvent où Rosalinde est retenue.

— San Petito.

— J'obéirai avec respect aux ordres de qui t'envoie.

— Je serais perdue, ajouta la sœur converse, si mon message était seulement soupçonné par les supérieurs.

Le duc, jetant les yeux rapidement sur son bureau, prit un portrait en miniature du roi, entouré de diamants :

— Ne vous séparez jamais de ce portrait sacré, qui vous donne le droit d'obtenir dans tous les cas une audience de Sa Majesté. Voici une bourse que vous remettrez à la personne que vous appelez Suora Scolastica. Voici une petite somme qui est pour vous, et dans tous les cas comptez sur ma protection.

La bonne religieuse s'arrêtant pour compter sur une table les pièces d'or contenues dans la bourse :

— Retournez aussi rapidement que vous vous pourrez auprès de la pauvre Rosalinde. Ne comptez pas. Et même je réfléchis à la nécessité de vous cacher. Mon valet de chambre va vous faire sortir par une porte de mon jardin, une de mes voitures de suite vous conduira du côté opposé de la ville. Songez à bien vous cacher. Faites tout au monde pour venir demain à mon jardin de l'Arenella, de midi à deux heures. Là, je suis sûr de mes gens, ils sont tous Espagnols.

La pâleur mortelle qui couvrait le visage du duc lorsqu'il reparut devant les officiers fut une excuse suffisante pour l'excuse qu'il leur présenta.

— Une affaire, messieurs, m'oblige à sortir à l'instant. Je ne pourrai avoir l'honneur de vous remercier et de vous recevoir que demain matin, à sept heures.

Le duc de Vargas court au palais de la reine, qui répand des larmes en reconnaissant la bague qu'elle donna jadis à la jeune Rosalinde. La reine passe chez le roi avec le duc de Vargas. L'air renversé de celui-ci touche le roi qui, comme un grand prince qu'il était, fut le premier à ouvrir un avis raisonnable :

— Il faut songer à ne pas réveiller les soupçons de l'archevêque, si toutefois, malgré le talisman de mon portrait, la pauvre sœur converse a pu échapper à ses espions. Je conçois maintenant pourquoi l'archevêque est allé habiter, il y a quinze jours, sa chaumière de ***.

— Si Votre Majesté me le permet, je vais envoyer au port mettre un embargo sur toutes les barques qui voudraient partir pour ***. On conduira au château de l'Œuf, où elles seront bien traitées, toutes les personnes qui seraient montées sur les barques.

— Va, et reviens, lui dit le roi. Ces mesures singulières, qui peuvent donner matière à parler, ne sont pas du goût de Tanucci (le premier ministre de don Carlos). Mais je ne lui dirai rien de toute cette affaire ; il n'est déjà que trop irrité contre l'archevêque.

Le duc de Vargas donna des ordres à son aide de camp et reparut devant le roi, qu'il trouva donnant des soins à la reine, qui venait de s'évanouir.

Cette princesse, d'un cœur excellent, s'était figuré que, si la sœur converse avait été aperçue entrant chez le duc, Rosalinde était déjà morte par le poison. Le duc calma entièrement les inquiétudes de la reine.

— Par bonheur, l'archevêque n'est pas à Naples, et, avec le sirocco qu'il fait, il faut deux heures au moins pour aller à ***. Le chanoine Cybo, qui, lorsque l'archevêque est hors de Naples, exerce l'alter ego, est un homme sévère jusqu'à la cruauté, mais il se ferait un scrupule de conscience de faire donner la mort sans un ordre précis de son chef.

— Je vais désorganiser le gouvernement de l'archevêque, dit le roi, en faisant appeler ici au palais et en le retenant jusqu'au soir le chanoine Cybo qui, à son audience de dimanche, m'a demandé la grâce de son neveu qui vient de tuer un paysan.

Le roi passa dans son cabinet pour donner des ordres.

— Duc, es-tu sûr de sauver Rosalinde ? dit la reine à Vargas.

— Avec un homme tel que l'archevêque, je ne suis sûr de rien.

— Tanucci a donc bien raison de nous débarrasser de cet homme en le faisant cardinal.

— Oui, dit le duc, mais il faudrait le laisser ambassadeur à Rome pour nous en débarrasser ici, et dans ce poste d'ambassadeur il nous jouerait de bien pires tours là qu'ici.

Le roi étant rentré après cet entretien rapide, on commença une longue délibération à la suite de laquelle le duc de Vargas obtint la permission d'aller sur-le-champ au couvent de San Petito savoir des nouvelles, au nom de la reine, de la jeune Rosalinde des princes de Bissignano, que l'on disait à la mort.

Avant de monter au couvent, le duc eut soin de passer chez la princesse dona Ferdinanda, de laquelle on put croire qu'il avait appris la nouvelle du danger de sa belle-fille. L'inquiétude du duc de Vargas ne lui permit pas de prolonger autant qu'il aurait dû sa visite au palais de Bissignano.

Le duc trouva dans le couvent de San Petito, à commencer par la converse qui était à la porte extérieure, un air de singulière préoccupation. Venant au nom de la reine, le duc avait le droit d'être admis sans nul retard auprès de l'abbesse Angela de Castro Pignano. Or, on le fit attendre vingt mortelles minutes. Au bas de la salle on apercevait le commencement d'un escalier tournant qui paraissait s'enfoncer à de grandes profondeurs. Le duc crut qu'il ne reverrait jamais la belle Rosalinde.

L'abbesse parut enfin, dans l'état d'une personne hors d'elle-même. Le duc avait changé son message :

— Le prince de Bissignano est tombé en apoplexie hier soir. Il va fort mal, il veut absolument voir avant de mourir sa fille Rosalinde et a fait solliciter auprès de Sa Majesté l'ordre nécessaire pour tirer la signora Rosalinde de ce couvent. Par respect pour les privilèges de cette noble maison, le roi a voulu qu'une non moindre personne que moi, son grand-chambellan, fût le porteur de cet ordre.

À ces mots, l'abbesse tomba aux genoux du duc de Vargas.

— Je rendrai compte à Sa Majesté elle-même de ma désobéissance apparente aux ordres du roi. La position dans laquelle je parais devant vous, monsieur le duc, est un témoignage frappant de mon respect pour votre personne et votre dignité.

— Elle est morte ! s'écria le duc. Mais, par san Gennaro, je la verrai.

Le duc était tellement hors de lui-même qu'il tira son épée. Il ouvrit la porte, il appela son aide de camp, qui était resté dans un des premiers salons de l'abbesse.

— Tirez votre épée, duc d'Atri ; faites monter mes deux ordonnances ; il s'agit ici d'une affaire de vie et de mort. Le roi m'a chargé d'arrêter la jeune princesse Rosalinde.

L'abbesse Angela se leva et voulut prendre la fuite.

— Non, madame, s'écria le duc. Vous ne me quitterez que pour monter comme prisonnière au château Saint-Elme. On conspire ici.

Dans son trouble mortel, le duc cherchait à se créer des excuses pour le viol de la sainte clôture. Le duc se disait : « Si l'abbesse refuse de me conduire, si les épées nues de mes deux dragons ne l'effraient pas, je suis comme perdu dans ce vaste couvent, qui est un monde. »

Par bonheur, le duc, qui serrait fortement le poignet de l'abbesse, était cependant fort attentif au mouvement qu'elle pouvait imprimer ; elle le conduisait à un vaste escalier qui conduisait à une immense salle à demi souterraine. Le duc, voyant ce demi-succès et voyant qu'il n'avait pour témoins que son aide de camp, le duc d'Atri, et les deux dragons, dont il entendait les grosses bottes frapper les marches de l'escalier, jugea convenable d'éclater en propos menaçants.

Enfin il arriva à la salle sombre dont nous avons parlé et qui était éclairée par quatre cierges placés sur un autel. Deux religieuses jeunes encore, étaient couchées par terre et paraissaient mourir dans les convulsions du poison ; trois autres, placées vingt pas plus loin, étaient aux genoux de leurs confesseurs. Le chanoine Cybo, assis sur un fauteuil placé contre l'autel, semblait impassible quoique fort pâle ; deux grands jeunes gens, placés derrière lui, baissaient un peu la tête pour tâcher de ne pas voir les deux religieuses qui étaient couchées au pied de l'autel et dont les longues robes de soie d'un vert foncé étaient agitées par des mouvements convulsifs.

Après cette revue rapide de tous les personnages de cette horrible scène, quel ne fut pas le ravissement du duc lorsqu'il aperçut Rosalinde assise sur une chaise de paille, à six pas derrière les trois confesseurs. Par une imprudence bien singulière, il s'approcha d'elle et lui dit en la tutoyant :

— As-tu pris du poison ?

— Non, et je n'en prendrai pas, lui dit-elle avec assez de sang-froid ; je ne veux pas imiter ces filles imprudentes.

— Madame, vous êtes sauvée ; je vais vous conduire chez la reine.

— J'ose espérer, monsieur le duc, que vous n'oublierez point les droits du présidial de monseigneur l'archevêque, dit l'abbé Cybo, assis sur son fauteuil.

Le duc, comprenant à qui il avait affaire, alla se mettre à genoux devant l'autel et dit à l'abbé Cybo :

— Monsieur le chanoine grand vicaire, suivant le dernier

concordat, de pareilles sentences ne sont exécutoires qu'autant que le roi les a revêtues de sa signature.

L'abbé Cybo se hâta de répondre avec aigreur :

— Monsieur le duc se livre ici à un jugement téméraire : les pécheresses ici présentes ont été légalement condamnées, convaincues de sacrilège ; mais l'Église ne leur a infligé aucune peine. Je suppose, d'après ce que vous me dites et les apparences, dont je m'aperçois seulement en cet instant, que ces malheureuses ont pris du poison.

Le duc de Vargas n'entendit qu'à demi les paroles de l'abbé Cybo, dont la voix était couverte par celle du duc d'Atri, agenouillé auprès des deux religieuses qui s'agitaient sur les dalles de pierre, des douleurs atroces leur ayant fait perdre, à ce qu'il paraissait, toute conscience de leurs mouvements. L'une d'elles, qui paraissait dans le délire, était une fort belle fille de trente ans. Elle déchirait sa robe sur sa poitrine et s'écriait :

— À moi ! à moi ! à une fille de ma naissance !

Le duc se leva, et, avec la grâce parfaite qu'il eût montrée dans le salon de la reine :

— Est-il bien possible, madame, que votre santé ne soit nullement altérée ?

— Je n'ai pris aucun poison, ce qui ne m'empêche pas, monsieur le duc, répondit Rosalinde, que je ne sente fort bien que je vous dois la vie.

— Je n'ai aucun mérite dans tout ceci, répliqua le duc. Le roi, prévenu par les avis de fidèles sujets, m'a fait appeler et m'a dit que l'on conspirait dans ce couvent. Il fallait prévenir les conspirateurs. Maintenant, ajouta-t-il, en adressant son regard à Rosalinde, il ne me reste qu'à prendre vos ordres. Voulez-vous, madame, aller remercier la reine ?

Rosalinde se leva et prit le bras du duc, qui marcha vers l'escalier. Arrivé à la porte, Vargas dit au duc d'Atri :

— Je vous charge d'enfermer, chacun dans une chambre, monsieur Cybo et ces deux messieurs ici présents. Vous enfermerez également à clef madame l'abbesse Angela. Vous descendrez dans toutes les prisons et ferez conduire hors du couvent toutes les prisonnières. Vous ferez enfermer, chacune dans une chambre séparée, les personnes qui tenteraient de s'opposer aux ordres de Sa Majesté que j'ai l'honneur de vous transmettre. Sa Majesté veut que toutes les personnes qui témoigneraient le désir d'être admises à ses audiences soient envoyées au palais. Sans perdre de temps, enfermez dans des chambres séparées les personnes ici présentes. Du reste, je vais vous envoyer des médecins et un bataillon de la garde.

Cela dit, il fit signe au duc d'Atri qu'il désirait lui parler. Arrivé sur l'escalier, il lui dit :

— Vous sentez bien, mon cher duc, qu'il ne faut pas que Cybo et l'abbesse s'entendent sur leurs réponses. Dans cinq minutes, vous aurez un bataillon de la garde, dont vous prendrez le commandement. Vous placerez une sentinelle à chacune des portes donnant accès sur la rue ou sur les jardins. Qui voudra pourra sortir, mais l'entrée ne sera permise à personne. Vous ferez fouiller les jardins ; tous les conspirateurs, y compris les jardiniers, seront mis en prison dans des chambres séparées. Soignez les pauvres emprisonnées…

Préparer la jalousie qui porte don Gennarino à se brûler la cervelle.

L'archevêque Acquaviva promet une place de chanoine dans sa cathédrale à l'aumônier du prince de Bissignano s'il parvient à persuader à la princesse dona Ferdinanda que don Gennarino est amoureux de Rosalinde. Par ces moyens, l'archevêque inquiète et désole don Gennarino qui n'a pas la tête profonde.

Faire que le style sorte du genre admiratif niais, par des mots comme : Il porte perruque, prend du tabac, etc. ; adopter des idées comme : à Naples on rencontre souvent des yeux d'une forme magnifique, mais ces yeux comme ceux de Junon chez Homère ne disent rien. Oter à ce style l'air grand, le grandiose qui éloigne du cœur, qui (un mot illisible) aient l'air petit, naturel, sensible, la bonhomie allemande.

La reine dit :

— Je te conseillerais de te marier au plus tôt, dès que tu auras un époux je te créerai dame du Palais. Une fois attachée à ma personne, le clergé n'osera te jouer de mauvais tours. Songe à ceci, tu dois t'attendre à tous les genres de persécutions. Je ne veux pas plaider la cause de notre Vargas et influer en quelque manière que ce soit sur un mariage, mais songe que tu nous rendrais bien contents le roi et moi…

Le roi fut fâché du bataillon du régiment de Bitonto envoyé par Vargas à la porte du noble couvent de San Petito.

— Puisque le but était obtenu, à quoi bon faire du scandale ?

— La seule excuse, en présence d'un clergé aussi arrogant et de la cour de Rome, qui peut ouvrir à l'ennemi la porte de vos États, était l'accusation de conspiration flagrante dans le couvent de San Petito. J'ai cru, quand j'ai vu la figure sévère et l'œil scrutateur du chanoine Cybo fixé sur moi, qu'il fallait éloigner à tout prix le soupçon qu'on avait voulu enlever une novice. La présence du bataillon de Bitonto frappe tous les esprits à Naples, même ceux des prêtres, et il porte la conviction d'une conspiration autrichienne.

— Mais, reprit le roi, voilà Tanucci vivement contrarié. Où trouver un ministre aussi honnête homme, aussi travailleur, et qui a refusé des millions à la cour de Rome ? Veux-tu prendre sa place ?

— Avant tout, je ne veux pas travailler.

Le duc Vargas fait la fortune de la sœur converse, qu'il cache sous un faux nom à Gênes.

Don Gennarino a un accès fou de dévotion, comme la belle Bocca à Capo le Case.

Rosalinde a la magnanimité de se remettre au couvent. Don Gennarino la croit persécutée par la sainte Vierge, il la voit frappée par le mauvais œil céleste, désespéré par les refus de Rosalinde qui refuse de céder avant le mariage, de peur que Gennarino ne soit outré du péché.

Gennarino, troublé par ses soupçons jaloux se donne la mort. Cet accident ôte presque la raison à Rosalinde, elle se croit presque frappée du mauvais œil céleste. Un fanatique essaie de la frapper d'un poignard.

Elle épouse Vargas quand il a soixante-neuf ans, et sous la condition que tous les ans elle passera trois mois au couvent où

Gennarino s'est tué.

Elle pleura beaucoup et fut folle de désespoir la veille du mariage. « Si Gennarino me voit de son séjour céleste, que doit-il penser de moi ?... »